LES CAGOULÉS DU CAMPUS

KOULIHO KODJO EDEM MOLE

DAkpabli

DAKPABLI & ASSOCIATES
ACCRA

KOULIHO KODJO EDEM MOLE

est un énergétique jeune Ghanéen vivant à Accra. Passionné par la langue française,il est entré à la prestigieuse University of Education, Winneba où il est formé comme enseignant de la langue française. Purement d'une création fictive, cette œuvre à vous couper le souffle est sa toute première signature et sans doute le premier de ce genre réalisé par un étudiant Ghanéen dans la langue de Molière.

SOMAIRE

Avant-propos   5

Remerciements   6

Dédicace   8

Avertissement   9

PREMIÈRE PARTIE

Sentinelle malgré lui   11

L'ironie du destin   18

La genèse   26

La première gifle   31

Le souffle du destin   48

Derrière les murs du campus   51

La deuxième gifle   62

DEUXIÈME PARTIE

Le renouveau   74

L'indomptable destin   81

Les anges noirs   95

Le dénouement   104

Avant-Propos

It is a high privilege and a great joy and honor for me to have been asked by my former student to edit a book written by him and also to write the foreword to it.

I was very much enthused about editing the novel, which I read with utmost zeal passion. I have gone through the book page by page, word by word, sentence by sentence, and I must confess that this book will provide a lot of experience for students or learners.

In the book, the author tries to reveal or expose the secrets of campus life and the rich experience he had gained on campus. The novel is intended as reading for pleasure, but at the same time, it has some linguistics and literature elements such as vocabulary or choice of words, grammar, characters, setting, figures of speech, style of writing and others which any student will find useful.

It is worth noting that the author has perfectly blended the grammatical and literacy elements together.

In addition, the narrative style in the book has been adequately dealt with by the use of the traditional past tense *"passé simple"* and the chronological arrangements of events in the story.

I have therefore absolutely no doubt that this book will provide an overwhelming learning experience for every user, not only because it is well-structured but mainly because it is easy to follow and understand due to the simple nature of the French language used.

AFARI Emmanuel Kwami
Lecturer, Department of French Education
University of Education, Winneba

REMERCIEMENTS

Je passe par cette ultime opportunité pour rendre une vibrante grâce à Dieu, le tout puissant qui m'a accordé santé et sagesse pour la réalisation de cette œuvre.

Mes sincères coups de cœurs, en général, vont également à l'endroit de tous nos facilitateurs, mes formidables collègues enseignant-étudiants de l'année académique 2015-2018 à l'*University of Education*, Winneba.

Je n'oublie pas non plus, l'apport incontestable de certaines personnes particulières à savoir: Mr. Tagoe Enoch (alias Adzasko), Mr. Adjoh Messan, Mr. Kewula Yao, Mr. Kouliho Amèvi, Mr. David Nahm, Mr. Geli Wisdom, Mr. Fianyo Sena, Mr. Kao Nyuiemedzi et Mr. Nagbe Messan.

Enfin, je jette des fleurs au Dr **Sewoenam Chachu** pour sa profonde contribution pour la relecture de l'œuvre.

Que le tout puissant vous bénisse. Qu'il vous rende aux centuples, tout ce que vous avez contribué sans le savoir, à la réalisation de cette œuvre.

À,
Agbator Paulina

Avertissement

L'histoire que nous allons lire est une œuvre de pure fiction. En conséquence, toute ressemblance, ou similitude avec des personnages et des faits existants ou ayant existé, ne saurait être que coïncidence fortuite et indépendante de ma volonté.

Première Partie

SENTINELLE MALGRÉ LUI

La nuit, particulièrement à cette veille, semblait très longue et l'attente d'un nouveau jour, éternelle. Le temps, de son côté, paraissait suspendre son vol et avec lui, les heures suspendaient leurs cours. Kwame n'arrivait toujours pas à dormir. Allongé sur son dos, les deux mains sous son coussin, il fixait religieusement le ventilateur qui faisait plus de bruits qu'il n'en produisait de la fraicheur.

Il se leva, ouvrit la porte puis sortit. L'air au dehors était plus frais, puisque naturel évidement. Au-dessus de sa tête, l'astre au front d'argent, d'une manière suprême, blanchissait tout Winneba par ses douces clartés. Les deux mains croisées derrière, il commença par esquisser des pas à l'instar de ceux de *Darius* en cette nuit fatidique là. Peut-être, la seule différence ici chez lui, est qu'il n'était pas autant chagriné. Il marmonnait en plus dans ses va et vient quelques prières de réconfort. Franchement, en le voyant, on saurait sans doute qu'il cherchait un repère. S'il savait où trouver *Nakamura*, il aurait fait un saut dans le temps pour voir ce qui allait se passer dans quelques heures; avant que ces mêmes moments ne se pointent. Néanmoins, au fond de lui-même, Kwame pouvait se contenir d'une légitime émotion de joie inexprimable qui bouillonnait à la façon d'une turbine. Il retourna peu de temps après et trouvait ses deux autres collègues, avec qui il partageait la chambre d'hôtel, de leur côté, dormir à toute oreille comme étant dans un état léthargique.

L'horloge affichait deux heures du matin. Encore quelques six heures avant le début des cérémonies; pensait-il. Il prit une fois encore sa nouvelle veste cousue spécialement pour l'occasion, la contempla puis la porta. Il se plaça par après devant le grand miroir accroché au mur à son chevet, fit quelques grimaces en esquissant quelques pas: "Non, il ne faut pas marcher comme ton grand-père au village! C'est ton jour demain, alors il faut que tu sois à la hauteur. Il faut montrer à tous que ce n'est pas donner à n'importe qui d'être là où tu es aujourd'hui. Alors, il faut marcher comme un roi, hausser la tête comme un prince et afficher un sourire de fiancé, je dis bien d'un heureux fiancé." Se disait-il à lui-même tout en souriant. Puis il enleva la veste et la remit à sa place avec tous les soins minutieux possibles et s'en alla se recoucher.

Comme cela se prévoyait, il eut toutes les peines du monde à fermer ses paupières. Il gesticulait, se tournait de gauche à droite, jetait des coups d'œil périodiques à l'horloge. Trois ans déjà? Se demandait-il. Ça fait de cela trois bonnes années qu'il espérait ce moment. Une période durant laquelle il est devenu autre chose. Un moment qui avait vu ses sommeils considérablement réduits, ses habitudes alimentaires bouleversées; et tout ceci dans l'espoir de devenir à la fin un vrai homme, bref : une personne responsable.

Un inhabituel concert de klaxons dominait toute la ville ce beau matin-là. Les conducteurs de taxis démontraient avec dextérité leur zèle à la recherche de clients. Et, des passagers, il n'en manquait pas évidement, car les rues de la ville étaient bondées d'étudiants venus de tous les horizons et se convergeaient en hâte tous vers le campus. Confortablement assis derrière le chauffeur, sa main gauche à son menton, Kwame s'abandonna tout bonnement, dès l'entrée principale du campus, à l'observation du paysage à travers les vitres. L'université, en effet, avait une superficie tellement astronomique. Entre les mirobolants édifices et la salle de conférence où allait se dérouler les cérémonies, gisait un vaste espace vide que certains heureux citoyens ont mis en valeur agriculturale. Le défilement des arbres bornant le long de la route ressuscita en lui des nostalgies lointaines; ce qui lui fit revivre dans un laps de temps, toute sa vie depuis son enfance: que le temps passe si vite.

En effet, il avait depuis rêvé de devenir agriculteur. Il se souvint bien, comme si c'était hier, de ces jours où, tout petit, il suivait son père dans leur petit jardin de tomates. Bien sûr qu'il y en avait d'autres légumes, mais sa préférence fut les fameuses tomates de son Papa. Il se souvint parfaitement de l'odeur des tomates mûres, rouges et bien fraiches. Qu'il les adorait terriblement! Il ne manquait jamais d'emporter la plus grosse à sa maman pour qu'on lui en prépare le plus délicieux ragoût. À table, il était souvent déçu, quand cherchant en vain, il ne retrouvait plus sa jolie grosse tomate dans la soupe. Mais il n'était pas de nature à abandonner, car il reprenait le même chemin le lendemain et en ramenait la plus grosse jusqu'à ce que les cours préparatoires vinrent lui évincer le chemin du jardin. De là jusqu'aux cours moyens, Kwame, graduellement, apprendra à dessiner ses jolies tomates puis à calculer leurs valeurs monétaires sur les étals des marchés. Le football deviendra sa passion aux dépens des courbes mathématiques une fois au collège. Au lycée, ce sont les grandes maximes de l'illuminé Socrate qui vont le malmener un peu, mais il en sortira avec succès après trois années sans échouer. Que le temps passe si vite vraiment.

Aujourd'hui le voilà à quelques minutes de son premier diplôme universitaire, neuf ans après avoir fini le lycée; un si grand retard dû aux vicissitudes de la vie. Que la société est profondément autocrate et que souvent, on n'a d'autres choix que de subir ses lois et principes. Des tomates, Kwame en mange toujours aujourd'hui, mais il ne se soucie plus de leur grosseur, de leur maturité et encore moins de leur goût.

La police universitaire, éperdument, s'attelait à contenir la masse, qui de loin, ressemblait à un essaim devant la grande salle de conférence portant le nom du Professeur *Jophus Anamuah-Mensah* en l'honneur de ce dernier. À leur descente du taxi, toute une cohorte de vendeurs ambulants de cravates, de vestes et d'autres habits, sans oublier les photographes se ruèrent sur eux, et chacun de son côté se vantait de la qualité de ses produits tout en tentant d'impressionner les élus du jour qu'ils étaient. Mais, grâce à l'agilité sans faille des hommes en uniforme, Kwame et ses collègues trouvèrent facilement le chemin vers leur destination sans aucune bousculade majeure.

C'était sous l'influence d'une douce matinée prometteuse que Kwame et ses collègues pénétrèrent dans le grandiose hall. Immédiatement, l'on pouvait flairer par la seule perception des morceaux préparatifs de la bande musicale universitaire; angéliquement perchée dans le balcon, que la cérémonie de ce matin serait tout, sauf la moindre comparée aux précédentes qui se sont déroulées jusque-là ici dans cette même salle. Personne ne te le dirait, à travers les accoutrements, que tout le monde attendait ce beau jour et personne n'a ménagé aucun effort pour paraitre bien luné et raffiné.

Kwame, en toute sérénité, d'un cœur bien embaumé comme jamais dans sa vie avança presqu'à tâtons. Mais il maitrisera si bien vite son agoraphobie. En réalité, il était plutôt surexcité. Il serait même légitime d'affirmer, qu'il se réconfortait en ce moment précis, avec l'idée qu'aucun évènement de si grandiose ne s'était jamais produit dans sa vie. Il était terriblement content mais en même temps un peu frustré. Frustré, non pas qu'il souffrait physiquement mais c'est que dans sa tête, nichait une idée aussi vieille que son monde à lui. Plus il y pensait, plus il sentait son rythme cardiaque augmenté. Au fait il ne voulait pas concevoir qu'il ne puisse émerger l'un des meilleurs voir le premier de sa promotion. Surtout qu'il avait sacrifié des nuits et des veillées entières à fouiller, à chercher, à faire encore des recherches pour pouvoir être en avance sur tous ses autres collègues. Il donna réellement le meilleur de lui-même dans l'intention de devancer tous les autres collègues dans les résultats finals. Il ne savait plus réellement aussi s'il était honnête et juste de se sentir de la sorte. Mais quelque part en lui, cet innocent sentiment d'orgueil qu'il nommait lui-même sursaut d'honneur lui ravivait les entrailles et tant que personne ne le saurait, il resterait maitre de ses idées et de là, de son propre destin. Soudain, comme les premières lueurs du soleil dans une matinée trop longtemps restée sous la brise matinale, Kwame se fit cueillir de ses rêveries par la douce voix d'une des jeunes huissières.

S'il vous plait Monsieur, à quel département vous appartenez-vous?

"Euh, Celui des sciences de l'éducation française, Madame."

"Ok, veuillez prendre place là-bas, à côté de cette jeune jolie demoiselle!"

Lui avait-elle dit, en lui montrant tout près les sièges qui, dans le fastueux hall, leur étaient réservés. La fameuse jeune demoiselle qui n'était autre qu'Adzoa, membre de son groupe de travail dont il fut le leader durant toute la formation, l'accueillit par son sourire éternellement angélique, comme cela était depuis trois années. Bien sûr, elle ne manqua pas de le taquiner en lui intimant l'ordre de ne pas tenter de séduire la jeune réceptionniste plus tard. Kwame lui répondit par un mesquin sourire d'un coin de ses lèvres et la rassura très maladroitement.

"Eh bien, j'ai depuis longtemps changé hein, sais-tu?"

"Hun! Mr Kwame, c'est vrai ce beau mensonge?"

Mr Kwame, ils l'appelaient tous par ce nom dans le groupe. Adzoa était la plus jeune. Toute jeune et un peu maigrichonne, elle était très courageuse et aussi respectueuse. Elle suivait toujours à la lettre tout ce que Kwame leur donnait comme instructions. Se faisant, une atmosphère de sérénité avait toujours régné lors de leurs travaux de recherches et leur groupe émergeait toujours le meilleur groupe lors des exposés.

Dans sa toute nouvelle veste bien posée comme celui d'un généralissime, il se sentait hyper bien dans sa peau comme un prince de l'époque classique. De son siège, oui, de ce joli siège bleu vraiment mou et doux aux fesses, il pouvait nettement apercevoir tous les autres collègues, qu'il reconnut facilement par leur derrière.

Il s'adossa splendidement par la suite avec un sentiment d'homme accompli. Pas pour trop longtemps, il sentit une main tendre sur ses épaules venant de son derrière. D'une manière religieuse, il se tourna pour voir l'inconnu qui l'appelait et, à sa grande surprise, c'était Pépé. Ouf, il ne manquait que celle-là, s'était-il dit dans son cœur. Il l'avait presqu'oubliée même. Mais, pour ne pas paraître sadique, il répondit à son sourire par un.

"Hello, comment ça va? »

"Tu ne réponds plus à mes appels ces temps-ci, pourquoi?"

"Excuse-moi pour cela, mais toi-même tu sais que nous sommes un peu pris ces jours-ci."

"Je ne te crois pas Kwame, je sais que tu..."

"Écoute, lui dit-il, en lui coupant la parole, on ne va pas recommencer ça ici ok. Tu peux attendre et une fois fini, on continue dehors n'est-ce pas?"

Kwame se retourna et se repositionna calmement comme un automate dans son siège. Bien qu'il ne la regarde plus, il pouvait néanmoins sentir le lourd regard de Pépé posé sur son occiput et cela l'agaçait terriblement. Il tenta de se concentrer en vain et n'eut été le début imminent des cérémonies, il allait sortir pour prendre un peu d'air frais dehors, rien que pour baisser l'adrénaline. Mais qui sait qu'elle ne le suivrait pas.

Ah! Que je regrette d'être assis ici, s'était-il dit tout bas. Il ferma les yeux comme si pour supprimer son image de sa mémoire mais par contre, celle-ci devenait de plus en plus vivide et naturellement, il commençait à se rappeler de ces jours tantôt sombres et tantôt prometteurs partagés avec cette forme hantante, assise juste derrière lui.

L'IRONIE DU DESTIN

Inlassablement souriante avec un visage comparable à celui d'un être qui n'est jamais passé sous le crible de l'énervement, Perpétue, très affectueusement appelée Pépé, était incontestablement ravissante et surtout naturelle. Ravissante car à chaque fois que leurs regards se croisaient dans l'amphi, Kwame fut toujours obnubilé par le désir de la posséder. Naturelle, car elle ne s'opposait jamais, au début, à aucun de ses gestes mesquins. Bref, elle était le genre de demoiselle que tout homme désirerait.

Un matin, il s'en souvient, Kwame était assis dans le hall d'une banque en attentant son tour chez la caissière pour le versement de ses frais d'hébergement universitaire.

Exaspéré par l'attente, il eut pour assouvir son impatience, droit et le privilège de vivre une scène un peu hors du commun. En effet, ce fut sa voix qui attira son regard et il ne put s'empêcher de la fixer de toute son attention. Premièrement, Kwame s'était totalement imbibé dans l'acte de la jeune demoiselle tout en contemplant sa réaction drue. Secundo, il fut nettement électrifié à cause de la véhémence avec laquelle elle s'adressait au jeune homme de son âge qui l'accompagnait; et qui probablement aurait commis une faute d'inattention sur sa fiche de versement. Les reproches pleuvaient de ses lèvres comme une averse en pleine mousson. Kwame s'était plusieurs fois, et sans trouver la réponse, demandé qui pourrait être ce jeune homme aussi doux comme un agneau qui l'accompagnait.

Était-il son conjoint, son fiancé, son amant, son mari, son frère? Ou tout simplement son ami? En outre, qui était cette jeune dame là même, à l'allure d'une soldate avec toutes les frasques possibles que, seul, un humain hors du commun des mortels, pourrait avoir.

En tout cas, une chose était sûre pour Kwame, il n'aimerait pas être à la place du jeune homme en ce moment précis et Dieu merci il ne l'était pas. Peut-être qu'elle aurait voulu en ce moment précis même, oser vociférer sur lui, dû à la façon dont il la scrutait. Vraiment, il la fixait de toutes ses rétines comme un nouveau-né ferait sur une source lumineuse pour la première fois de sa vie.

À l'instar d'une institutrice inflexible à l'égard d'un élève incorrigible, elle pointait du doigt les présumés erreurs que le jeune homme aurait commises. D'un sursaut naturel, Kwame jeta un dernier coup d'œil sur sa fiche comme si il y avait une erreur; mais tout était parfait.

La caissière lui fit signe enfin et Kwame exécuta. Arrivé au niveau de la demoiselle, il remarqua qu'elle prit une nouvelle fiche, commença à la remplir avec une attention particulière, et l'on pouvait sentir l'adresse indéfectible de ses doigts à travers le bout de son stylo sur le papier à carbone.

C'était une jeune dans ses trentaines environ, voyant son visage de plus près. Parlant de son visage, il était rond comme une pamplemousse sauvage et des lèvres si bien disposées l'une sur l'autre. Avec une monture bien posée sur un nez pas trop épaté, elle avait un air tiré probablement dû à son tempérament de tout à l'heure. Bien sculptée dans sa robe droite qui descendait un peu sous ses genoux, elle avait des derrières un peu relevés, greffés à des hanches bien robustes, peu ovales et honnêtement attirantes. En la dépassant, Kwame eut toutes les trajectoires favorables possibles pour épier sa poitrine, proportionnellement moyenne à sa taille d'un mètre et soixante centimètres environ. C'est peut-être une demoiselle de classe, s'était-il dit. En réalité, pour être honnête, d'aucun se demanderait légitimement, voyant l'aise avec laquelle elle remplissait la fiche, pourquoi elle ne l'avait pas fait elle-même en premier lieu?

Puisque l'existence parait horrible sans surprise, dans le courant du même après-midi, ils se retrouvèrent, par ironie du sort, dans le même amphithéâtre. C'était lors du cours sur la Psychologie de l'éducation.

Dans le souci de bien suivre les cours afin d'avoir une compréhension vive sur le champ, Kwame prit place tout juste devant, au premier rang à l'entrée de l'amphi. Et, il ne sut par quel miracle cette demoiselle, qu'il avait rencontrée dans les locaux de la banque, vint prendre place calmement et tout bonnement à ses côtés. Se sentant tout à coup un peu perplexe, il retint un peu son souffle. Il racla sa gorge et réajusta bien les fesses sur son siège, de peur de subir un redressement digne de ce nom à l'instar de celui qu'a subi le gentilhomme un peu plus tôt dans la matinée. Bien sûr qu'elle n'oserait pas vociférer sur lui! Mais en réalité, prévenir vaudrait mieux que guérir, c'était-il dit. Elle ne le salua ni ne le regarda, par conséquent, Kwame aussi ne broncha guère. Mais d'autres parts, au fond de lui, ce fut un bouillonnement total, car il pensait au scenario d'une confrontation imminente avec cette jeune inconnue à l'allure comparable à celles de la classe des nobles au moyen âge Français. En somme, il s'était résolu à suivre les cours presqu'au garde-à-vous, comme un tirailleur sénégalais, tout en prenant soin de ne regarder que le Prof, ce qu'il réussit par excellence.

Ce fut toute une multitude d'approbations et de réprobations dans sa tête tout en suivant les cours. Par moment, il manipulait son cellulaire quand le prof prenait de courtes pauses pour quelques approfondissements nécessaires. Et sans presque le savoir, il marmonnait simultanément.

Kwame avait pensé à tout, sauf à cela. Ce fut très brusque et rapide, cela s'était produit aussi vite qu'il ne put s'en rendre compte s'il rêvait ou pas. Il sentit dans ses entrailles un courant extrêmement brusque et aussi chaud. Ne me dite pas que c'est vrai ! s'était-il dit. Que de surprises sous le ciel!

En réalité, celle à propos dont il nourrissait jusque-là des idées cauchemardesques, venait, par ses doigts aussi habiles, le chatouiller tout juste un peu haut au niveau de ses reins. Il tiqua un peu sous le poids de l'étonnement mais se ressaisit aussitôt. Tournant la tête, tout hésitant, pour savoir ce qui se passait, il fut violemment foudroyé par un sourire pur, angélique comme l'éclosion des fleurs d'un nénuphar. Ses lèvres, étant légèrement ouvertes, et des dents bien rangées, très blanches et plus blanches que du coton vierge, démontraient la délicatesse avec laquelle le bon créateur a façonné cette forme féminine d'entre toutes autres qu'il connut au cours de sa vie entière.

Derrière ses douces lunettes, se trouvaient d'énormes yeux comparables à ceux d'une drosophile, mais très beaux. Pour l'empêcher de le faire esclaffer, par un mouvement de main vraiment habile, il détacha sa main gauche de la table pour empêcher la jeune dame de continuer sa besogne, car, elle y en trouvait vraiment du plaisir. D'un geste majestueux, elle esquiva. La main de Kwame atterrit tout bonnement dans la sienne, puis, elle la posa à son tour sur sa cuisse. Il tenta aussitôt de retirer sa main de cet endroit-là où, s'il ne fit pas attention, certains de ses hormones les plus virulents pourraient causer un désordre chaotique dans son corps. Mais, sa tentative fut vaine aventure, car elle serrait sa main d'une manière forte.

Il devint raid comme électrocuté dû à ce changement brusque de situation. Mais il ne paniqua point. Néanmoins, il perdit un peu usage de toute sa raison. Sa conscience le conseillait vivement, son subconscient de son côté le déconseillait et son esprit voulait s'envoler au-dessus de toutes possibilités. Mais son cœur, heureusement, prit le dessus.

De ses lèvres, Kwame dirigea ses yeux vers la main de l'inconnue qui, toujours tenait la sienne fermement comme un félin en ferait sur sa proie. Une coulée de sueur froide, de son front, ruissela vers son menton, puis se versa sur ses cuisses.

Il rabaissa un peu le visage, secoua très légèrement la tête afin de disséminer le reste sur le sol avant qu'elle ne devienne un véritable torrent. Il eut par contre le temps de bien scruter, des pieds jusqu'en haut, ce corps moyen et probablement doux, qui jadis paraissait pour lui une bête noire. Plus il relevait sa tête, plus il réalisait qu'elle avait un corps sublime et extrêmement appétissant, qui pourrait faire perdre, à l'aspirant le plus sérieux à l'ordre sacré, la vocation.

Plus elle étreignit sa main; plus ses veines devenaient tendues jusqu'à ce qu'il pouvait entendre l'écoulement de son sang dans ses vaisseaux. De là, il se raidit totalement et sa respiration fut presque coupée sous le poids de la surprise.

En effet, non seulement elle serrait sa main, mais elle la trainait sur sa cuisse comme si elle y en voulait faire sa propriété. Il eut néanmoins le sublime privilège de toucher à sa cuisse, tout le long de son genou en allant vers l'autre bout où il pensait, se trouverait le centre de l'univers.

Surpris plus que choqué, il ne voulait pas penser à ce qu'il sentait réellement dans son corps en ce moment précis. Ses entrailles frémissaient déjà mais il se battait afin de les dompter. Ses faits et ses actes le trahissaient, et sa respiration presque coupée l'accusait à chaque fois qu'il voulait résister à ses sentiments réels. Pour éviter de tomber raid mort à cause de l'élévation anormale du taux de ses hormones de sensation, Kwame, par exprès, laissa tomber son stylo qui, depuis un certain moment n'écrivait rien que des bêtises et dans sa prise de notes n'y dessinait que des hiéroglyphes.

Avec une habileté sans faille, il posa sa main droite sur celle de la mystérieuse demoiselle dans l'espoir d'une négociation pacifique pour libérer sa main gauche, qui était depuis prise en otage. Ce qui fut positif. Très doucement mais sereinement, elle y laissa faire et un par un, Kwame récupéra ses doigts. Mais voilà qu'avant de laisser partir, elle étreignit de nouveau son majeur, le fixa et sourit.

Le cœur de Kwame redoubla de battements. Serait-elle sur le point de lui déclarer son amour? Il imaginait déjà ce qui se passerait tout juste après les cours ce soir-là. Lui, Kwame serait le plus heureux et chanceux de toute la promotion car, il aurait fait coucher l'une des plus belles demoiselles de la promotion sur son lit et tout ceci en l'espace de vingt-quatre heures après l'avoir vue pour la première fois de sa vie.

Soudain, tout l'univers semblait prendre un accent particulier, le vent devint plus attentif et les feuilles mûres qui devaient tomber des branches quémandèrent un peu de temps auprès de la nature afin de pouvoir suivre l'action suivante. De son côté, malgré le brouhaha dans l'amphi, il pouvait apercevoir les battements du cœur de la demoiselle par son ouïe. En fin, ses lèvres s'ouvrirent graduellement et puis laissèrent tomber ces mots:

"Passes-moi ta note s'il te plait, j'ai raté quelques lignes du cours."

Éberlué, Kwame reçu un choc qui le fit redescendre de la lune. Lui qui pensait déjà aux fantasmes d'une mielleuse soirée dans l'une des plus somptueuses chambres de passage de Winneba. Mais, puis qu'il est de nature de tous les hommes à ne pas montrer leur faiblesse, il se ressaisit tout de go et affirma.

"Oui bien sûr, la...la voici. Et n'hésitez pas à attirer mon attention si vous n'arrivez pas à déchiffrer mon écriture."

Ajouta-t-il tout en lui tendant sa note avec sa main qui tremblait comme étant en convalescence.

Son rythme cardiaque redevint normal tout en continuant par prendre sa note sereinement. Et il continuait par allumer son cellulaire pour surfer sur l'internet à chaque fois que le prof prenait une pause, et le redéposait aussitôt que les cours reprenaient.

Cette fois-ci, c'était pour s'enquérir de l'heure qu'il ne retrouva plus son portable. Il ne voulut pas croire d'emblée que quelqu'un l'aurait pris. Mais c'est la manière dont elle souriait qui attira son attention. Et quand leurs regards se croisèrent de nouveau, il lui demanda frivolement si elle avait son appareil en sa possession. Elle ne le renia guère, lui confirmant qu'elle l'a pris parce qu'il s'y intéressait trop aux dépens du cours. Il se retourna calmement et continua à prendre sa note sans broncher. Ayant compris son agacement, elle recommença son petit jeu de chatouillement, mais cette fois-ci, cela ne marchait point, puis ce qu'il était déjà plus averti. En réalité, elle était un peu lente et n'arrivait pas à suivre véritablement l'allure avec laquelle le professeur dispensait les cours. Et quand elle demandait à Kwame une seconde fois de lui passer sa note; ce dernier exigea tout bonnement son portable en échange, ce à quoi, à son grand étonnement, elle ne donna point une réponse favorable.

Il prit, après les cours, tout son temps à arranger ses affaires très lentement. Après que tous les autres collègues eurent parti, il la tint par la main, mais elle y résista et sortit de l'amphithéâtre avec son cellulaire dans son sac à main tout en souriant.

Totalement impuissant malgré lui, devant une si luisante demoiselle s'il faut l'avouer; Kwame se leva tout mollement et lui emboita les pas tout calmement.

LA GENÈSE

Le vent frais, provenant du côté de la mer, rendait l'atmosphère sur la cour du campus très agréable. Il sonnait à peu près six heures du soir et la nuit tombante, tout en étalant son manteau noir, engloutissait à petit coup les derniers rayons récalcitrants de l'astre de feu. Les ampoules, d'une façon simultanée, commencèrent par illuminer les chambres de dortoirs. Dehors, les lampadaires ici sur le sud campus d'une manière automatique en faisaient autant. Et bientôt, l'on peut, à partir de l'entrée principale, malgré la distance, apercevoir les murs de la fameuse cantine universitaire, communément appelé *bush canteen*, réputée pour le coût relativement abordable de ses plats. Il fallait à coup sûr se retrouver dehors en ce moment précis afin de pouvoir admirer la beauté de l'imposant bâtiment à cinq étages du dortoir *Ghartey Hall.*

Kwame avança, les yeux rivés vers le premier, le deuxième étage et ainsi de suite comme s'il cherchait quelque chose de précieux, sinon un visage sublime. Il prit soin d'abord de vérifier chez le concierge si la clé de leur chambre s'y trouvait, puis prit ensuite les escaliers sereinement vers le quatrième. Il grimpa vaillamment les marches, et offrit presqu'à tout visage qu'il rencontrait, un sourire auréolé.

Il se comportait comme si quelqu'un eut déjà informé toute la population universitaire, à propos de ses magnifiques moments avec Pépé un peu plus tôt dans l'après-midi. Mais en réalité, loin de s'intéresser à ses rêveries, toutes les personnes qu'il rencontrait, soit en descendant ou en montant, ne firent pas attention à lui et peu serait même capable de faire son portrait-robot si on le leur demandait tout juste en bas de l'escalier.

Le bâtiment était un peu bruyant à cette tombée de la nuit, car tous les locataires étaient de retour. On pouvait remarquer au niveau de chaque terrasse, le zèle avec lequel, chacun s'était armé en se vaquant à ses occupations domestiques. Ici, l'on pouvait voir qui sortait pour verser de l'eau de ménages dans les rigoles. Là-bas, on avait des seaux les deux mains pleins d'eau. Un peu plus loin, se tenaient trois jeunes demoiselles à l'allure des miss campus, qui discutaient éperdument, encore à propos du comportement peu scrupuleux d'une des collègues, certainement, vu la façon dont l'une d'entre elles se tapait les hanches avec ses paumes.

Kwame atteignit, presque au bout de son souffle, la chambre numéro 92 au quatrième étage. Il se renversa, totalement éreinté, sur son lit. D'en haut sur son lit, il entendit son collègue et meilleur ami Adzasko, dans un air moqueur fredonner une chanson à la façon d'une chorale de l'église romaine.

"Le Boeing vient enfin d'atterrir oooh! Amen."

Kwame n'eut aucun mot à son endroit, puisqu'il avait le plus besoin de son souffle pour récupérer aussi vite. Quelques instants après, il se leva puis s'assit sur le bord de son lit. Il s'adressa enfin à Adzasko qui, totalement indifférent des effets de dépaysement que le milieu avait sur eux, jouait paisiblement de la douce musique sur son ordinateur portatif.

Adzasko était un gars vraiment calme, toujours prêt à te rendre service. Par contre, il ne se posait pas beaucoup de questions avant de réagir s'il était aigri. Bref, c'était un mec naturel.

Ils s'étaient connus quelque part dans le mois d'Avril de la même année. C'était lors des examens et concours d'entrée organisés par le département de Français et dès lors ils devinrent inséparables.

À l'affut d'informations, chacun faisait place facilement à l'accointance pour être au diapason des réalités du campus ce matin-là. Fatigué à cause du manque de sommeil de la veille, Kwame s'assit impatiemment sur une brique à même le sol face au secrétariat du département. Il avait sa tête dans les deux mains comme pour alléger la migraine persistante et tenace qu'il commençait à ressentir dès son réveil très tôt ce matin-là. Parlant de son réveil, il se rappela, presque d'une manière haletante, comment il débarqua la veille vers dix-sept heures devant l'entrée principale du campus nord. Dans le minibus qui les convoyait, il eut la chance d'avoir rencontré deux jeunes dames qui parlaient son dialecte. Ils devinrent amis et bientôt très courtois les uns envers les autres. Et c'est grâce à l'une qu'il trouvera aux environs de vingt-trois heures un gite après avoir parcouru tout Winneba, son petit sac dans son dos à la recherche de là où poser la tête.

Kwame rencontra Adzasko pour la première fois, quand celui-ci, aussi dépaysé comme lui, cherchait où trouver des informations nécessaires concernant le concours. Les examens d'aptitudes normalement devraient débuter à huit heures. Mais voilà que jusqu'à sept heures et demi, nul ne savait où cela se tiendrait. Ayant aperçu dans les mains de Kwame, l'enveloppe de réception de leur lettre d'invitation, portant l'effigie de l'université, Adzasko sut aussitôt qu'il était dans le même pétrin que lui et ne se fit pas demander avant de l'approcher.

"Salut mon chef."

"Salut mon ami, Kwame s'empressa de lui répondre avec un sourire masqué. Tu es venu pour les concours d'entrée n'est-ce pas?"

Continua-t-il.

"Oui, c'est bien ça chef."

"Pardon arrête de m'appeler chef. Je suis Kwame et toi?"

"Ok, moi c'est Adzasko.'

"Enchanté, lui avait-il rétorqué tout en lui serrant la main."

Comme s'ils se connaissaient depuis fort longtemps, ils s'engagèrent dans de sérieuses et fructueuses discussions concernant le pourquoi ils étaient venus pour le programme. Etant donné qu'ils étaient embarqués dans la même embarcation, ils eurent toutes les aisances possibles pour se comprendre et se filer aussi des informations complémentaires.

D'un mètre et soixante centimètres environ, Adzasko avait un accent ivoirien qui sonnait bien dans les oreilles, et démontrait toutes les qualités d'un jeune confiant et avide de connaissances. D'un teint noir, dans un jeans bleu un peu trop serré par rapport au volume de son ventre, l'on pouvait détecter facilement dans ses démarches, un aventurier qui n'eut pas eu la vie facile, et qui n'avait non plus l'intention de se faire dompter par les vicissitudes existantes sous le soleil. Au faite, ils se ressemblaient sur beaucoup de points et ce fut naturellement l'une des raisons qui avait fait qu'ils se comprenaient facilement, et la fluidité dans leurs échanges en témoignait.

Soudain, une voix un peu roque, comparable à celle d'un coq trop gras dans un matin trop froid, les convoqua. Ils se précipitèrent tous vers le seuil du secrétariat dans un brouhaha incongru. L'emploi du temps fut affiché et le monsieur qui les convia leur donna quelques consignes pratiques. De là, ils allèrent tous s'asseoir dans leurs salles respectives, dans le calme, en attendant les épreuves écrites.

Après les examens, les deux amis se transformèrent en curieux explorateurs. Leurs randonnées les emmenèrent plus tard dans les locaux de la fameuse Bibliothèque *Osagyefo* du sud campus où ils ne manquèrent guère de prendre quelques photos de souvenirs. Ils furent vraiment impressionnés par l'ambiance calme et sereine sur le campus et continuèrent leur tournée photographique jusqu'à l'entrée principale. Ils quittèrent le même jour pour un voyage de près de six cent kilomètres vers Accra, la fameuse capitale Ghanéenne. Adzasko, partant d'Accra rallierait son domicile dans la région de l'Est.

Quant à Kwame, il s'arrêta à Accra car il y vivait non loin du centre-ville.

Kwame escortera son ami au marché principal d'Accra où il fit quelques achats puis prit le bus pour un voyage de près de huit heures.

Ils continuèrent par s'appeler, néanmoins, au moins chaque semaine durant les jours qui suivront pour s'enquérir des nouvelles de chacun. Ils continuèrent ainsi jusqu'à leur retour, deux mois après, sur le campus après qu'ils furent tous admis après les concours. Et c'est ainsi qu'ils furent conviés à prendre part au programme proprement dit comme des étudiants, officiellement pour une durée de trois ans.

LA PREMIÈRE GIFLE

Deux jours auparavant, après avoir pris une douce douche digne de ce nom, ce qu'il n'avait pas pu faire depuis quarante-huit heures, Kwame, suivi d'Adzasko, descendirent en ville pour s'acheter de quoi tuer la fringale. En route, son ami lui narra avec détails les péripéties de son très long voyage. Kwame, de son côté lui prêta une oreille de lapin, tout en pensant avec regret au sien qui, loin d'être trop long, fut plutôt dramatiquement mouvementé.

Nous vivons tous dans un monde où les réalités menant à notre épanouissement nous sont défavorables. Mais une chose parait aussi incontestablement sûre et évidente. C'est qu'en réalité, les grandes réalisations de ce monde ont vu le jour grâce à des humains audacieux; et les grandes légendes- qu'elles soient d'hier ou d'aujourd'hui- ont une chose en commun : un début minable. Aucune icone n'est née telle, sans être passée d'abord sous le crible de l'essai, de l'échec et enfin de la persévérance.

Kwame commença son essai, en effet, il y a de cela quelques années auparavant. Venant d'une famille pauvre, il a dû quitter très tôt son cercle familial pour se chercher dans la ville. D'un père coureur de jupon et une mère qui l'abandonnera plus tard, il savait que, rester dans le périmètre familial, serait une mission suicidaire; et le cercle vicieux qu'est de se marier tôt malgré lui, devenir Papa trop jeune et par là vieillir avant son âge, allait bientôt se fermer sur lui d'une manière horrible.

La tête collée à la vitre du bus qui les convoyait, le cœur de Kwame était rempli d'un sentiment de jeune accompli. Il allait bientôt devenir dans trois ans, non seulement un enseignant, mais un enseignant professionnel. Des jeunes ambitieux comme lui qui ont essayé de gravir les échelons de la réussite, il n'y en avait pas assez dans leur famille depuis leur origine. À part son oncle paternel qui a pu décrocher un certificat d'aptitude professionnelle, qui depuis a quitté pour le Gabon et dont on est sans nouvelles depuis plus de deux générations, il est le tout nouvel étudiant qui bientôt va devenir fonctionnaire. Lui, le fameux Kwame qui a déjoué toutes les mauvaises pronostiques de ses marâtres sorcières.

Tout naturellement, il se sentait fier, très fier de lui-même. Il rêvait déjà de ce jour fatidique où l'on poserait l'écharpe du succès et de l'excellence sur ses épaules. Il avait néanmoins le droit de se sentir de la sorte car il avait travaillé dur nuit et jour afin de pouvoir s'enrôler sur ce prestigieux programme de formation professionnel des enseignants du collège.

C'était ainsi noyé dans ses rêveries que le bus de cinquante places dans lequel se trouvait Kwame arriva à la station principale de Winneba. Il vida ses poumons après les avoir remplis profondément, fit une petite prière, se leva et se dirigea vers la sortie. Il avait comme bagage, une grosse valise renflouée de livres, et surtout de neufs ustensiles de cuisine qu'il prit soin de choisir pour un séjour sans problèmes majeurs sur campus. Il ne voulait laisser aucune chance au hasard et pour cela il en avait pris soin d'emmener même une boite de préservatifs. Dans l'autre sac, se trouvaient ses habits anciens comme nouveaux, ajouté à un petit sac qu'il avait au dos.

C'était le jour du marché et la foule extrêmement bruyante en témoignait. La première fois quand il était venu dans la ville universitaire, Kwame descendit à l'entrée principale du campus nord, donc il n'avait pas expérimenté une telle ambiance de colonie d'oiseaux gendarmes.

Tout juste à sa descente du bus, il fut accosté par un adolescent. Bien propre, trop propre pour son travail de porteur de baguages. Kwame le reconnu grâce à son uniforme semblable aux autres porteurs qui, bien plus âgés que lui, s'évertuaient à négocier leur service avec les autres passagers du bus.

"Bonzour tonton."

"Oui bonjour, comment vas-tu?"

"Zevè bien. Moi *vè* plus bien si *moi porté* vos *bagaz.*"

Bien déterminé dans son métier, le jeune garçon parait avoir tous les dons pour séduire ses clients. Kwame, en réalité voulait d'un taxi et de là, il pouvait transporter lui-même ses avoirs et se déplacer sur une cinquantaine de mètres pour atteindre la route principale. Mais il eut pitié pour son jeune serviteur grâce à l'enthousiasme et la détermination de ce dernier.

Il fallait, agilement, trouver son chemin entre les va et vient des clients et les étals des revendeuses parsemés un peu partout. Quant au jeune porteur, il semblait se déplacer avec une aise hors du commun vu l'habileté avec laquelle il esquivait et puis esquissait ses pas en grand connaisseur des lieux.

Kwame héla un taxi qui gara tout de go. Il prit un petit moment pour négocier, avec le chauffeur le prix du trajet. Il se retourna par la suite pour aider le porteur à se décharger de sa valise quand il trouva du fiasco. Et sa valise et le jeune porteur ont disparu. Pourtant il était là tout près une minute auparavant.

Il sursauta, dressa son cou comme une girafe, écarquilla ses paupières et raidi ses rétines comme un aigle, mais rien. Il semblait évident que son jeune ange de tout à l'heure s'en était envolé depuis fort longtemps et sans laisser de traces. Kwame, dans une précipitation folle, s'empressa à demander aux quelques femmes assises non loin de là si elles avaient vu la direction qu'a prise le jeune porteur qui le suivait, mais elles furent désolées pour lui. Elles lui ont néanmoins suggéré d'aller vite notifier le président de l'association des porteurs qui travaille en commun accord avec le bureau de l'association des chauffeurs.

Kwame eut un peu d'espoir car il pourrait reconnaitre facilement le petit malfrat grâce au numéro qu'il portait sur son uniforme comme les autres. Très vite, les responsables déployèrent toutes les ressources pour mettre la main sur le petit bandit mais sans succès. Il s'était aussi avéré que les coordonnés du petit porteur ne se trouvait pas dans les bases de données de l'association des porteurs : donc il n'était qu'un pire escroc de son espèce. Déboussolé et totalement dévasté, Kwame se laissa échoir sur une chaise qui s'y trouvait là. Sa tête dans ses deux mains comme pour l'empêcher de se détacher de son cou, il se mit à se morfondre énormément et jura que cela ne lui arriverait plus; mais c'était trop tard.

Comme piqué par une aiguille qui n'ait jamais existée, il se leva de son siège et commença par courir comme un fou. Surpris par sa réaction, quelques officiels le suivirent tout en courant dans l'intention de le maitriser mais en vain, car il courrait si vite comme un athlète professionnel. Ils le rejoindront plus tard quand, celui-ci s'étant arrêté tout dru, pointait du doigt vers un endroit dans le vide en affirmant avec les yeux presque larmoyants.

"C'était ici, oui je ne me trompe pas, c'était bien ici l'endroit précis."

"Quoi? Qu'est ce qui était ici monsieur?"

S'empressait de lui demander presqu'haletant un des responsables qui le suivait.

"Êtes-vous sûr que ça va?"

Ajouta un autre imprudemment.

"Je vous dis que c'était ici où j'avais stoppé le taxi, ne comprenez-vous pas?"

En réalité, Kwame, après qu'il eut fini un peu plus tôt de négocier avec le chauffeur du taxi, avait déposé son autre sac de voyage sur le siège avant, côté chauffeur. Et puisque le malheur n'arrive toujours pas seul, en l'espace de moins de dix minutes, il perdit non seulement ses avoirs en natures mais aussi les économies de toute une vie. Tout ce qu'il avait, à la suite d'énorme sacrifices, réservé pour pouvoir se subvenir sur campus, vient comme ça de s'envoler, dans un bel après-midi de Juin, arrosé par de fines goutes de pluies, grâce à deux escrocs dignes de leur nom.

Kwame, tant bien que mal, arriva à faire le portrait- robot des deux émissaires que le diable lui avait envoyé ce jour-là. Après sa déposition verbale, le commissaire de police lui promit de le joindre dès que ses agents auront de nouvelles. Ce qui n'est pas souvent le cas, ici dans cette partie du monde, à l'ouest sous l'équateur mais grâce à son statut d'étudiant, il fut traité exceptionnellement par la police dans une ville universitaire qui, depuis cet après-midi, pour lui, devint une ville cruelle.

Il franchit les portes de l'entrée principale du campus sud vers quinze heures. Malgré les évènements malheureux dont il fut victime, il n'affichait aucune mine de tristesse et calmement alla s'asseoir sous l'un des manguiers, sur l'un des bancs publics devant les amphithéâtres de son fameux département. D'autres étudiants y étaient, mais aucun des visages ne lui était familier. Ils discutaient allègrement de mille et une choses sans se soucier même du nouveau venu parmi eux. Par moment, il ne leur acquiesçait que par des signes de tête en guise de réponses à quelques-unes de leurs questions, quand ceux-ci eurent voulu son avis qui, au fond ne leur valait rien de précieux.

C'est ainsi que Kwame passa tout le reste de l'après-midi, partagé entre l'idée de retourner chez lui ou de rester. Ses soucis ressurgirent encore plus quand, tous les autres partis, il demeura le seul et dernier occupant des lieux. Dubitativement, il commença par regretter le fait de ne pas avoir eu le courage d'étaler son problème à ceux avec qui il avait passé tout l'après-midi. Peut-être, qu'au milieu d'eux se trouverait un bon samaritain qui pourrait l'héberger ne serait-ce que du moins cette nuit-là. Mais il avait choisi de jouer leur jeu et de rire comme eux quand ils le faisaient, même si ce fut, pour la plupart du temps, des rires amers.

Kwame, en effet, était un mec trop naturel. Trop naturel car il ne montrait jamais ses vrais sentiments. Il est un pur produit d'une société qui exige toujours à ce qu'on soit courtois et à ne jamais étaler ses peines, car Dieu est toujours au contrôle.

"Croit toujours et ne te décourage jamais. Un bon chrétien ne pleure pas. Les larmes sont un signe *d'homme de peu de foi*. Et Dieu n'intervient pas en faveur des mauviettes."

Voilà quelques-unes des messages qui passaient la plupart du temps en commentaire de l'évangile souvent dans le sermon de son pasteur et en boucle un peu partout sur les ondes.

Il se souvient comme cela est souvent le cas dans les moments de solitude, d'Adéwumi, son ancienne et unique petite amie. Bien qu'elle l'ait déjà quittée, grâce à l'adresse incontestable d'un jeune banquier, il se souvenait toujours de cette beauté atypique au visage lumineux comme la pleine lune et aux yeux comparables à ceux d'une jeune biche vierge. Toute la gent masculine, du petit jusqu'aux septuagénaire; tous la désiraient et enviaient Kwame énormément.

Mais, bizarrement, loin de sa beauté, c'était plutôt son verbe facile qui le surprenait et il en avait fait souvent les frais.

"Ne cache jamais tes sentiments, mon cher Prince, surtout quand tu n'en peux plus. Parfois, il est honnête et pour beaucoup de causes d'étaler sa vie, même à un inconnu quand on a besoin d'aide. Une vie qui se noie ne doit jamais refuser une main qui veut lui venir au secours, même si cette dernière est celle qui va l'achever juste après. Ne te culpabilise pas trop si tu échoues."

Lui disait- elle tout le temps.

"Nous commettons tous des erreurs, car l'inattention est un vice courant voir nécessaire, dans nos vies et il est très absurde de vouloir tenter de vivre seul, cloîtré et en autarcie croyant que les autres sont parfaits. Tu vois? C'est la raison pour laquelle je ne t'ai jamais demandé d'être parfait."

Renchérissait-elle souvent.

Ils s'étaient connus au collège. Elle avait à peine quatorze ans mais elle avait déjà le corps d'une femme, et lui en était dans sa seizième. Avec un derrière explosé et des hanches bien en position comme des bétons armés, Kwame ne manquait jamais d'y aventurer ses mains quand ils cheminaient ensemble.

Philosophe, comme ils aimaient tous l'appeler, Adéwumi critiquait toujours d'une manière acerbe certains des comportements de son amant.

Kwame, disait-elle, "Il faut toujours éviter de rire quand vient le moment de sourire et vice versa. Comme je te l'ai toujours affirmé, le rire est tout simplement provoqué par un motif spontané de joie et souvent passager. Le sourire au contraire est le produit et le résultat des sentiments profonds venant du fond du cœur en passant par la tête où ils sont bien pensés. Ces sentiments, naturellement, sont la somme des joies et des peines, de regrets, de déceptions, de considérations, d'acceptation et de défis. Mais une fois mis ensemble, ils deviennent un mélange unique, se transformant en énergie passionnante et qui, au lieu de briser l'être en qui ils sont créés, lui donne plutôt un courage intrinsèque et inébranlable et que, par les lèvres qui les reçoivent, dévoile le réel état d'âme de l'homme. Et par là, le cœur le plus inattentif même arriverait toujours à voir tes réels sentiments dans ton sourire."

Depuis le jour où elle fit ce discours magistral, les cousins de Kwame, ne manquait jamais de lui rappeler chaque fois qu'il se marierait à une femme savante s'il épousait Adéwumi un jour. C'est en pensant à ces beaux jours qu'il versa des larmes tout en souriant. Il s'était dit, peut-être s'il avait souri au lieu de rire quelqu'un l'aurait remarqué; qui sait?

Kwame avait quelque sous restés sur lui. Assez pour retourner à Accra mais pas assez pour se trouver un gite. Mais retourner à Accra pour quoi faire? En somme, vivre à Winneba ou retourner chez lui où au moins il jouirait de son doux lit serait la même chose. En plus, il avait remué ciel et terre afin d'arriver à payer ses frais de scolarité, alors mieux rester. Mais la grande équation qui lui restait à résoudre était de trouver un toit très vite car il sonnait déjà dix-neuf heures.

Après s'être bien régalé d'un plat de *Foufou* noyé dans une délicieuse sauce d'arachide accompagnée de la bonne viande de varan, et dû au faite qu'il ne lui restait plus assez de sous pour son séjour sur campus, Kwame décida enfin malgré lui qu'il serait préférable de rallier Accra ce même soir.

Vaincu par ses peurs et inquiétudes, il arrivait, après près de vingt minutes de marche, à la station principale. La place était presque vide de monde. Il s'assit tout bonnement en attendant l'arrivée du prochain bus. Il imaginait déjà les stratégies et techniques dont il allait s'armer pour lever les fonds nécessaires pour son prochain probable retour sur campus l'année suivante.

Après tout, je n'aurais perdu qu'une année. Une année n'est pas une éternité, s'était-il réconforté.

Bien déconcerté, il repositionna ses fesses pour bien s'adosser dans le siège public qui s'y trouvait là quand, aidé par une jeune fille, un homme grâce à sa canne s'approcha et prit place à côté de lui.

Environ dans les quarantaines, l'homme semblait très confiant malgré sa condition. Il sortit son portable, composa un numéro. Kwame, hébété, se dressa pour bien s'asseoir et fut électrifié par l'évènement dont il venait d'être témoin.

Ne pouvant pas reconnaitre le soleil de la lune, l'homme ne vivait que dans le noir absolu. Mais il arriva, malgré son handicap, à passer un appel grâce à un instrument dont ses rétines n'ont jamais gouté ni la forme ni la couleur.

La stupéfaction de Kwame parvint à son comble, quand l'indomptable handicapé, grâce à l'adresse immuable de ses doigts, faisait s'envoler dans l'air, des notes presque magiques, tellement douces à réanimer les tympans d'un sourd, à travers les cordes de la modeste guitare que la jeune fille qui l'accompagnait lui avait ramené un peu plus tôt.

D'un geste tellement brusque, presqu'en transe, Kwame honteux, s'était levé et reprit le chemin de retour vers le campus. Il ne savait pas réellement comment passerait-il la nuit, ni où se coucher, mais une chose était sûre : quel que soit ce qui adviendra, il finira le semestre en toute beauté avant de remettre pieds aux bercails.

Il courrait presque, les larmes aux yeux et extrêmement remonté contre lui-même, il se disait qu'il ne se pardonnerait jamais s'il avait quitté Winneba.

Comment aurais-je pu penser en premier lieu à quitter à cause du malheur d'un seul jour? D'un seul jour, se disait-il à lui-même. Presqu'en sanglot et sans se soucier des passants qui l'épièrent, ses pieds redécouvrit, mais cette fois ci d'une manière sereine, le sol du campus sud.

Il faut toujours avoir le courage d'oser aller au-delàs de nos capacités naturelles et ensuite se tenir tenace devant les inextirpables de l'inconnu qui ne sont guère favorables à aucun d'entre nous ici-bas. Par là, dans son unicité, chacun est appelé à tracer sa propre voie vers la prospérité. Car c'est uniquement en cela que réside la découverte du bonheur que plus d'un d'entre nous appelle la réussite. Kwame prit place à la terrasse du dortoir et suivit religieusement de son regard l'arrivée successive d'autres étudiants en taxi, qui probablement avaient déjà payé leurs droits d'accès aux lieux. Il restait assis là pour longtemps jusqu'à vingt-deux heures et le défilement des arrivants avec leurs valises commencèrent par s'amenuiser. Jusque-là, il ne sut toujours quoi faire pour sortir du pétrin dans lequel il se trouvait.

Peut-être la dernière à arriver; dans les cinquantaines environ, une dame débarqua et le chauffeur reparti aussitôt, la laissant seule avec toute une armada de baguages. Elle déclina, malgré qu'elle éprouvait d'énormes difficultés à soulever ses valises, la proposition d'un jeune homme qui voulut l'aider. Elle l'aurait peut-être pris pour un bandit du coin; car des bandits il y en avait sûrement à Winneba et qui guettaient la moindre imprudence des gentils voyageurs, comme cela est souvent le cas dans toutes les villes universitaires de la sous-région. Et gare à cet étudiant distrait. Kwame suivit cette scène tout en souriant, ayant toujours comme une fraiche plaie, dans sa mémoire, ce qui lui arriva tôt dans l'après-midi. Que le monde est bizarre ! Au moment où il cherchait en vain de l'aide, voilà qui en trouve sans l'avoir demandé, mais n'en voulait pas. En tout cas, elle avait raison s'est-il dit et puis se recoucha paisiblement sur le banc à la merci des moustiques et du persistant froid. Tout au fond de lui-même, l'idée de repartir le lendemain, d'abandonner et de revenir l'année prochaine le hantait éperdument mais il feignit cette fois ci de ne plus s'en intéresser.

Les yeux très fatigués et fixés au plafond, il entendit une douce voix l'interpeller. Il se tourna aussitôt et avant de répondre, la voix continua.

"Excusez-moi monsieur, auriez-vous l'amabilité de m'aider à transporter mes affaires dans ma chambre?"

Il ne se fit pas demander une seconde fois avant de prendre les devants. Malgré la fatigue et le sommeil qui rendirent ses muscles moins actifs, il n'éprouvait aucune difculté particulière pour grimper les huit escaliers à la hâte et bientôt arriva au quatrième étage.

La dame très émerveillée le récompensa gracieusement par des milliers de "Dieu te bénisse mon frère". Sur son chemin de retour, il décida de remonter au suivant et dernier étage sans savoir réellement ce qu'il allait chercher là.

Des fauteuils en forme de divan étaient écartelés un peu partout. Les lames, de leurs côtés n'existaient presque plus dans les persiennes. En effet, il y découvrit devant son nez, une étrange salle de spectacle et de recréation pour étudiants au dernier étage. À cette vue, il y entra sans avoir cherché à inspecter les lieux. Il s'échut dans l'un des sièges et déposa son sac au dos à même le sol. Ne pouvant plus cacher sa joie, il fredonna en silence quelques Alléluia avec une foi inébranlable. Il se releva vite et se précipita à inspecter les locaux puis eut la possibilité de recharger son téléphone portable. Il redéposa ensuite son sac dans une chaise métallique de dix places qui s'y trouvait là et s'en alla vérifier les toilettes à l'autre bout à quelques dix mètres. L'eau coulait, mais il sonnait presqu'une heure du matin et vu la fraicheur intense qui dominait ce soir, car la mer n'étant qu'a quelques trois cent mètres de là, il décida de revenir prendre sa douche plus tard mais très tôt avant le réveil des vrais locataires des lieux.

Kwame ne put s'endormir cette nuit-là, car à part la fraicheur, il fallait compter avec les moustiques très virulents et audacieux qui ont pu trouver leur chemin jusqu'à cette hauteur au cinquième étage. En plus des vacarmes que produisaient les vagues de la mer à laquelle il n'était naturellement pas habitué d'une part, il eut la peur au ventre d'être à nouveau victime d'un vol s'il venait à s'endormir profondément. Et c'êst ainsi que, partagé entre peur et vigilance, il passa une nuit presque blanche avec son petit sac à dos lui servant de coussin.

Il accrocha son sac à un clou et se déshabilla précipitamment. Le climat ce matin fut extrêmement frais. Il rentra, malgré lui, sous la douche. Il prit son courage à deux mains, puis tourna le robinet. Un bruit sec secoua le tuyau, signe que l'eau remontait et venait à grande vitesse. Il retint un peu son souffle comme si pour atténuer l'effet de fraicheur de l'eau sur son épiderme. Puis rien. Il aurait dû prendre sa douche la veille. Il ressortit de facto, recouvrant ses bijoux familiaux avec ses mains et vérifia une à une les cinq autres douches séparées par des murs mais l'histoire était la même : l'eau ne coulait pas. Il se rhabilla aussitôt rapidement.

Il sonnait presque quatre heures du matin. *En tout cas, ce n'est pas grave car je ne suis pas une femme*, s'était- il dit. Il s'aspergea néanmoins avec le parfum qu'il avait dans son sac et se peignit. Soudain, un homme d'une taille un peu plus grande que la sienne, dans un pyjama bleu, fit irruption dans la salle et lui demanda gentiment s'il savait où étaient les revendeuses. Etonné, Kwame lui fit part de son ignorance totale à propos des revendeuses dont il parlait. L'homme comprit très vite que Kwame serait un débutant qu'un problème en ces lieux avait emmené. Il s'engagea, comme s'il avait compris sa solitude, dans une discussion courtoise avec Kwame et lui fila certaines informations nécessaires, qui lui seraient utiles dans l'avenir, puisque lui autre, faisait son Master en Français.

Kwame descendit et posa ses fesses sur un banc public devant le dortoir en attendant, il ne savait quoi en cette matinée. Des seaux en mains, jeunes comme seniors; appartenant à la gent féminine comme masculine, descendaient et remontaient calmement avec leur bassines remplies, approvisionnées par une citerne vraiment imposante en taille et en capacité, qui servait de source intarissable à tout le sud campus ce matin-là. Tout le campus se réveillait petit à petit, et les bruits que produisaient les ustensiles provenant des chambres de dortoirs témoignaient que les locataires des lieux, qui, à Kwame, furent tous des inconnus pour le moment, se vaquaient avec zèle à leurs travaux matinaux en se préparant en effet pour les cours.

En taxi, quelques étudiants, moins nombreux que la veille, continuèrent à affluer et quant à lui, passif à ces évènements, il ne put que contempler. Il quitta son siège un instant après et alla prendre un bol de bouillie en guise de petit déjeuner en attendant ce que ce deuxième jour lui réserverait. De retour, il s'en alla directement au département pour s'enquérir de l'emploi du temps et alla s'asseoir sous un arbre tout juste en face de l'un des amphis où quelques collègues étudiants le rejoignirent plus tard.

Vers neuf heures, les collègues à côté se montraient de plus en plus aigris, car le prof n'était pas encore au rendez-vous. Ils se discutaient et déjà quelques-uns, se montrant les plus hardis pensaient déjà aux actions de sanctions disciplinaires qu'ils mèneront à l'encontre du Prof défaillant. Dans son coin, Kwame leur prêta peu ou presque pas d'attention. Ils seraient venus des familles plus aisées, vu leurs accoutrements, les cellulaires et les ordinateurs portatifs qu'ils exposaient gaillardement comme lors d'une foire électronique. Ils ne se souciaient guère de sa présence, et ils continuèrent allègrement à se vanter de leurs mérites lors de leurs études antérieures; ce qu'ils firent lors des vacances en dehors du pays. D'autres étaient trop occupés à prendre des selfies devant les locaux du département et les repostaient sur les réseaux sociaux. Ce fut une cohue totale et les commentaires fusaient de tous les côtés.

Des rires, mélangés à des moqueries, dominaient les discussions de ces jeunes gens qui, certainement, n'étaient jamais passés sous le crible des océans de misères. Interdit, parce que surprit de leurs réactions, Kwame se vit voler quelques sourires par moment. Soudain son téléphone sonna; ce fut un numéro inconnu. Qui pourrait être cette personne à l'autre bout qui l'appelait ce matin-là. Serait-il possible que ses affaires ont été retrouvées? Néanmoins, il ne voulut pas se réjouir trop tôt. Il s'éloigna de justesse du groupe de jeunes collègues étudiants qui se transforma en une colonie d'oiseaux gendarmes pour recevoir son appel.

"Allo!"

"Allo! Allo!"

"Oui allo, pardon à qui ai-je l'honneur?"

"Bonjour mon chef, c'est moi Adzasko."

"Ah Adzasko, Oh la…la…quelle surprise? Alors t'es où? Tu ne viens plus?"

"Je sui'en route, je serai là dans quatre heures à peu près."

"Ok bonne route alors. Peut-être, vous ne me verrez pas une fois que vous serez ici."

"Mon chef pourquoi?"

Kwame, prit son temps et en bon narrateur résuma à Adzasko sa mésaventure. Il compatit puis le supplia de l'attendre au moins avant de repartir.

Il inspira profondément puis vida ses poumons en guise de soulagement, car, il venait de parler au moins avec quelqu'un soucieux de ses malheurs, depuis plus de quarante-huit heures. Bien qu'il n'ait pas les nouvelles qu'il avait espérées, il eut au moins quelques minutes à parler avec quelqu'un de sérieux, totalement différents de ces autres collègues qui continuent leurs ragots comme des bambins des cours préparatoires. Cette-fois, il ne retourna plus s'asseoir là où il était auparavant, mais plutôt rentra pour aller s'assoir dans l'amphi qui était toujours vide. Il déposa son sac sur une des tables, puis embusqua son visage dans ses deux mains. Déjà éreinté bien que ce ne fut qu'au beau milieu de la journée, il était en même temps réconforté un peu. Pensant qu'il avait mérité un peu de repos, il posa calmement sa tête sur la table en attendant son collègue.

Il reçut un tapotement léger sur son dos. Ce qui le fit sursauter et découvrit un visage qui lui parut familier car ayant toujours les yeux ensommeillés. Il s'étira comme un paresseux de l'Amazonie, bailla à se fendre la mâchoire inférieure. Pour combien de temps s'était-il endormi là? Il ne saurait le dire.

Il reconnut quelques secondes plus tard, avec stupéfaction Adzasko, avec un gros sac sur le dos et, dans ses mains, deux autres. Il s'empressa pour l'aider à se décharger, lui serra les mains avec toutes les bienvenues cordiales qu'il connaissait. Après les salutations d'usages, et sur sa demande, Kwame lui expliqua de A à Z tout ce qui s'était passé depuis la première seconde où il débarqua à Winneba.

Son ami le consola et promit de l'aider avec la somme nécessaire afin qu'il puisse avoir un gîte pour le semestre en cours. À ces mots, il se mit sur ses genoux et cherchait à embrasser les pieds d'Adzasko mais ce dernier s'y opposa de justesse. Il lui promit de lui rembourser la somme pendant les vacances mais le bon samaritain sourit d'un coin des lèvres et lui déclara qu'il serait mieux s'ils aillent vite trouver une chambre car le jour déclinait déjà.

Ensemble, ils firent le tour des auberges de la ville pour s'enquérir des prix afin de faire les comparaisons. Mais hélas, que ne furent leurs surprises quand ils se rendirent compte de la réalité de leur prix astronomique. Ils décidèrent sur le champ de revenir prendre une chambre pour quatre au dortoir sur campus. Non seulement, celle-ci était moins chère, mais elle présentait beaucoup d'autres avantages comme celles de la sécurité, de l'eau et de l'électricité garantie vingt-quatre heures sur vingt-quatre. Ils auraient en plus la proximité aux amphis.

Ils retrouvèrent, à leur retour du centre-ville, quelques amis et collègues de la fac avec qui ils eurent des accolades et discussions courtoises pour un long moment. Ils rirent jusqu'à s'époumoner; se moquèrent les uns des autres si tard dans la nuit jusqu'à ce que leurs montres biologiques leur rappelèrent que leurs paupières ne pourraient plus rester ouvertes pour longtemps. Ils se quittèrent cordialement espérant se retrouver le lendemain au cours. Mais que ne fut pas la surprise de Kwame quand l'un des collègues qui répondait au surnom *le vieux* les informa qu'il doit encore aller en ville pour voir s'il peut *pêcher un poisson*. En tout cas, chacun avec ses objectifs. Kwame ne tenta aucunement de l'en dissuader. Au contraire il lui souhaita bonne chance et puis prit les escaliers, cette fois-ci non pas pour la grande salle mais vers la chambre numéro 92. Alors, à demain les amis et faites de beaux rêves.

LE SOUFFLE DU DESTIN

Cinq bons jours se sont écoulés depuis le début des formations, mais les cours, proprement dits, ont débuté il y a de cela soixante-douze heures; ceci seulement avec quelques professeurs. Et quant aux restes, ils espèrent les connaitre physiquement les jours qui suivront si Dieu le permet. Mais en attendant, certains parmi les fameux étudiants ont commencé déjà à couler de beaux jours à l'instar des relations intimes.

Les intimités se dessinèrent très vite, si vite comme si le signal avait été donné pour s'y lancer. L'histoire de Kwame n'en fut pas différente de celle des autres, faut-il en croire. En effet, depuis ce fameux sensationnel après-midi où Pépé lui avait joué aux amourettes lors des cours, et sans le savoir, Kwame comptait déjà parmi les heureux élus, voir les plus chanceux de la promotion. Ce qui adviendra après parait trop miraculeux pour être vrai.

En effet, Elle s'était tellement attelée pour surprendre Kwame cet après-midi-là qu'on n'en douterait pas qu'elle possédait un caractère sacré de séductrice la plus redoutable. Ce fameux soir-là, après les cours, étant évidemment les derniers à vaquer les locaux, Kwame ne put facilement trouver les stratagèmes par lesquelles récupérer son téléphone portable. Il devrait compter avec sa patience contre ses caprices à elle. Toutes idées et tentatives de forces étaient exclues et il n'y oserait même pas. Sinon comment le trouverait elle, s'il fronçait, lui un vieux de près de trois décenies, les mines et voulut sauter sur son sac sous prétexte de retirer ce qui lui revenait de droit après tout? Absolument, se serait monstrueux de sa part. D'une part, il voulut jouer son jeu à elle en tentant de la toucher à la façon dont *Candide* fit pour *Cunégonde*, mais il se retint. Peut-être, pour elle, ce n'était qu'un petit jeu entre amis ou c'était plutôt pour le corriger à propos de la manière dont il s'est comporté en l'ayant regardé trop ce matin dans la banque; façon de lui montrer que ce n'est pas très honnête de regarder indiscrètement des inconnus comme il le fit.

Il approuvait et désapprouvait toutes les idées qui y passaient par sa tête, implacable auto examen de conscience. Sa conscience morale ne put le sauver. Enfin de compte, il se fut résolu à subir les incartades de la bonne demoiselle en toute bonne volonté aussi longtemps que cela durerait. Au même moment, ils cheminèrent très nonchalamment aux pas d'un prince avec sa princesse nouvellement mariés, et il commençait naturellement par jouir de la compagnie de cette jeune dame à ses côtés. De ses propos, l'on pouvait détecter clairement, une demoiselle qui eut l'existence un peu mouvementée et par là vraiment expérimentée. D'autres parts, elle est prête à recommencer une nouvelle vie avec quelqu'un qui saurait non lui donner toutes les richesses de ce monde mais plutôt prêt à la dorloter.

Arrivés à l'autre bout du bâtiment des amphis, de son bras, Pépé enleva calmement son sac, le lui tendit, et lui intima tendrement de l'attendre pour qu'elle aille se soulager dans les toilettes qui se trouvaient exactement à la fin du bâtiment. Kwame, naturellement, se sentit un peu perplexe par son geste et resta totalement inerte jusqu'à son retour. Elle ressortit tout en souriant en lui demandant pourquoi il avait quitté la porte, car, elle l'avait mis là comme concierge afin d'interdire à tout homme véreux qui tenterait de défier l'inscription qui montrait que ces toilettes appartenaient à la gent féminine mais rentrerait néanmoins. Il ne put lui répondre que par un sourire tout en lui tendant son sac. Elle l'ignora, mais l'ouvrit quand même et retira son cellulaire à elle. De plus en plus confiant, mais toujours méfiant dans ses propos, Kwame lui posa la question de savoir si elle avait quelqu'un dans sa vie. En guise de réponse, elle lui montra sa main gauche en lui demandant tout machinalement de vérifier ses doigts. Kwame avala une gorgée de salive chaude puis réajusta le col de sa chemise. En effet, elle n'avait pas de bague à son annulaire.

DERRIÈRE LES MURS DU CAMPUS

Kwame embarqua un matin, quelques jours plus tard pour Accra afin de prendre quelques affaires personnelles qui lui restaient et, bien sûr, de quoi se renflouer les poches pour les prochains jours sur campus. De Winneba, il échangeât de texto en myriade avec Pépé jusqu'à son arrivée à Accra. N'étant pas, jusque-là, totalement convaincu d'une relation amoureuse entre eux, il se garda toujours sagement de certaines expressions pour qu'au cas où, elle n'envisageait jusque-là qu'une simple amitié, il ne puisse détruire une relation que s'il faut l'avouer, était hors du commun. C'était ainsi que, leurs échanges restèrent dominés par l'histoire de leur vie personnelle parfois exagérée; de leurs échecs et bien sûr de leurs ambitions respectives.

Après son diner, Kwame lui passa un coup de fil qu'il pensait être le dernier de la journée tout en souhaitant à cette amie surprenante une bonne nuit, car fatigué par le voyage, il avait jugé nécessaire de se coucher tôt afin de pouvoir se réveiller le lendemain bien rechargé.

Ceci faisait la quatrième fois, et à toutes les occasions, Kwame, un peu agacé devrait répondre tendrement avec une voix dénaturée. En effet, Pépé ne cessait pas de l'appeler pour lui poser les mêmes questions.

"Allo, pardonnez-moi de vous déranger Monsieur, dormez-vous déjà?"

"Non madame, mais je me suis allongé sur mon lit."

"Regardez-vous la télévision ou quoi? Est-ce que le film est intéressant?"

"Non, j'ai éteint ma télé depuis, et puisqu'il est presque vingt-trois heures, je me suis dit qu'un profond sommeil serait le meilleur choix."

"Alors quand est-ce que vous revenez sur campus?"

"Demain, bien sûr par la grâce de Dieu."

Devrait-on toujours se fier à ses sentiments et les exprimer au bout de champ? Devrait-on se laisser aller et déclarer son amour à une personne qu'on vient de connaitre à peine il y a de cela six jours? Existe-t-il réellement cette chose qu'on appelle coup de foudre? Et si oui, foudre qu'elle soit, ne ferait-elle pas mal? Partagé entre sommeil et rêveries, Kwame eut une nuit lourdement noire, car il tentait de savoir réellement quoi dire à sa collègue afin qu'elle le laisse se reposer paisiblement.

Suis-je en train de lui manquer? Non, on vient à peine de se connaitre. Mais pourquoi n'arrête-t-elle pas de répéter la même question sans arrêt? Devrais-je lui dire que je suis tombé pour lui? N'est-il pas trop tôt et vilain? Ou bien devrais-je plutôt lui demander si elle est tombée amoureuse de moi?

Cette dernière idée lui parait plus évidente mais comment poser une telle question qui parait aussi gauche à quelqu'une qu'on vient à peine de connaitre, se disait-il en se tournant de gauche à droite sur son lit. Néanmoins, après une longue réflexion, il lui envoya un texto en la rassurant de son retour le lendemain et qu'il lui ramènerait un joli cadeau. Elle ne lui répondit qu'avec un simple ok. Il attendit au moins quelques minutes espérant qu'elle lui demanderait la nature du cadeau, mais rien.

En réalité, Nous sommes tous des sentimentaux sans le savoir. Il suffirait qu'un inconnu commence par s'intéresser à nous d'une manière qui, jusque-là, nous est étrangère et l'on verra se réveiller le vieux démon du goût d'aventures amoureuses, surtout quand on est resté trop longtemps sans compagnon. Voulant rentrer dans le jeu et puis vérifier s'il avait raison à propos de ses propres sentiments que lui aussi développait envers Pépé, il lui demanda, toujours par le biais de la messagerie, si tout allait bien. Elle lui répondit à la seconde qui suit qu'elle se portait bien. Elle ajouta qu'il n'y avait pas lieu de s'alarmer et par conséquent de passer une douce nuit.

Le lendemain matin, Kwame se réveilla avec un sévère mal de tête qui bouscula considérablement son emploi du temps. Après une douche à la hâte, il se rendit dans une clinique d'à côté pour se faire consulter car il eut pensé à une crise de paludisme, dû à son exposition aux moustiques lors de sa première nuit sur campus. Après toute une panoplie d'analyses, ce qui lui prit presque toute la journée, il fut plus déçu pour la raison que, certains des résultats des analyses ne pourraient être prêts que le lendemain. C'est ainsi qu'une fois en dehors des locaux de la clinique, il ne manqua pas de notifier Pépé de son incapacité de pouvoir revenir comme prévu, indépendamment de sa volonté.

Cela ne lui était jamais arrivé. Et il se doutait vraiment de son état réel en ce moment précis. Il ne savait plus réellement ce qui se passait dans son corps.

Pour cette deuxième nuit à Accra, il ne put s'endormir. Il sentit un vide, continuellement croissant à l'instar des écumes d'une bière chaude dans un verre à moitié plein, dans son cœur. Comme si cela ne suffisait pas, une peur indescriptible s'empara de lui et créa par surcroit un silence pesant et coriace autour de lui. Il se précipita et ouvrit sa porte pour s'offrir un peu d'air frais dehors.

Il posa doucement ses fesses sur l'un des bidons de vingt- cinq litres qui s'y trouvait là, et qui lui faisait office de réservoir d'eau à l'instar des autres jeunes de son âge, qui à cause d'une raison ou d'une autre sont restés célibataires jusque tard dans leur trentaine. En effet, depuis qu'Adéwumi, son unique et ancienne copine lui avait été raflée par ce jeune banquier de la ville qui venait de finir sa maitrise en gestion des entreprises, Kwame avait juré sur la tombe de son père que s'il n'obtient pas un *doctorat professionnel en économie appliquée internationale*, il ne se marierait jamais.

C'était pour lui une façon de prouver à son ancienne copine que lui aussi pouvait engranger de grands diplômes universitaires malgré qu'il était pauvre. Et pour plus de neuf ans, il s'était abstenu de toute relation intime avec toute fille quelle qu'elle soit. Mais, puisque la nature a toujours horreur du vide, voilà que de nulle part, jaillit Pépé avec tous les pouvoirs de séduction possible qu'un humain n'avait jusque-là possédé.

Comment un tel sentiment de nostalgie peut ressurgir aussi brusquement, se demandait-il presque d'une manière saccadée. Suis-je en train de perdre inlassablement mes capacités à me maîtriser? Et Pépé, de son côté, se sentirait-elle aussi telle? Devrais-je m'y laissé aller? S'étant décidé bravement de ne plus souffrir seul, il prit son courage des deux mains, rentra de nouveau dans sa chambre, s'assit sur le lit, et prit son téléphone portable mais au moment de lancer l'appel, il prit peur de nouveau car ne sachant exactement quoi dire à la jeune demoiselle. Il redéposa calmement son portable, cette fois ci, non sur le lit mais, plutôt sous son oreiller. Avec son drap, de nouveau allongé, il se couvrit le corps de la tête jusqu'aux pieds et ferma les paupières de toutes ses forces comme si pour forcer le sommeil à lui jeter un sort qui lui ferait dormir sur le coup et aussi longuement. Mais au contraire, plus il les serra, plus l'image de Pépé devenait vive dans sa pensée. Plus il résistait à son image, plus son sourire envoutait sa mémoire jusqu'à ce qu'il pouvait entendre sa voix raisonnée comme toute une cohorte de décibels qui caquetaient d'une façon croissante. Ce n'est pas vrai. Il n'en croyait plus. Aussi déterminé et têtu qu'il était, il s'était résolu à livrer contre ses sentiments, une bataille jusqu'au bout tout en concluant néanmoins à faire la cour à Pépé le soir même dès son retour sur campus et peu lui importait ce qui adviendrait de leur relation.

La patience étant l'une des plus nobles des vertus peut aussi parfois s'avérer la plus grande peine qu'un homme, qui s'applique à être un peu trop vertueux peut s'affliger. Il arriva cependant à contenir tant bien que mal son ardent désir cette nuit-là, espérant un nouveau soleil pour dire une seule phrase qu'il aurait pu dire depuis et ceci en une fraction de seconde.

Finalement, pour ne pas paraitre trop rude envers sa nature à lui-même, il envoya à son amie, qui depuis le début de l'après-midi était restée silencieuse, un texto voulant s'enquérir de l'ambiance sur campus. Elle lui répondit en lui signifiant que tout allait bien sauf son absence. C'est ainsi qu'en cette nuit-là, il dormi demi éveillé avec le raisonnement permanant dans sa tête, l'affirmation; "sauf votre absence". Mais bizarrement, comme si c'était un sort qui lui était jeté, il était toujours partagé entre deux doutes. Est-elle en train de lui déclarer son amour ou bien elle ne faisait qu'insinuer l'expression d'une courtoisie? Dans une tentative ultime à lui envoyer une réponse, en ayant masqué bien sûr ses sentiments réels, il cogita en vain sans trouver les termes appropriés.

Il la croyait avoir fini avec lui, tout en étant resté dans une inertie parfaite dans son lit, pensant aux stratagèmes dont il userait pour maitriser sa proie le lendemain, qu'il reçut encore un nouveau coup de tonnerre.

'Chéri, j'ai envie.'

À la lecture de ce dernier message, Kwame sentit comme une éruption, son cœur sauté en dehors de son loge, causant un cafouillage sentimental et un désordre systématique à ses hormones. Et sans vouloir chercher à savoir ce dont elle avait envie, il sauta sur le clavier et lui répondit sur le champ en ces termes.

"Patiente toi un peu ma chérie, je reviendrai dans quelques heures et on va se réjouir ok."

"Haha! Je t'ai eu."

Éhonté, hébété, surpris et totalement déboussolé, il se secoua sur le lit comme un chat qui reçut une douche froide. Il perdit presque sa respiration. Mais voulant lui montrer qu'il était un caïd sentimental et que sa réponse n'eut aucun effet de choc dans son cœur, Kwame lui répondit très rapidement en ces termes.

"Cool, tu es vraiment une bonne comédienne. Une vraie professionnelle."

Et ce fut un silence absolu.

(Bip) "Alors, dis-moi s'il te plait, où est ce qu'on le fera, puisque vous êtes quatre dans votre chambre de dortoir?"

"Haha! Tu veux encore m'avoir n'est-ce pas?"

Lui avait-il répondu plus avisé cette fois-ci.

"Non, je suis sérieuse crois moi et j'aurais aimé t'avoir à mes côtés présentement."

À ces mots, il redevint de nouveau un peu flexible et se résolut une fois encore à rentrer dans son jeu quel que soit là où ceci aboutirait.

"Ok, je comprends. Du courage, juste cette nuit et demain on se verra. J'avoue aussi que tu es une adorable jeune dame."

"Comment? Que veux-tu réellement dire par là?"

"Tu sais, il y a des choses que les mots ne peuvent pas expliquer vraiment. Comprends-tu?"

"Oui."

"Tu me plais; un point c'est tout."

"Ah bon! est-ce vrai cela? Ou bien tu veux juste baiser?"

"Pourquoi sonnes-tu pareil? Je ne te conçois pas comme un jouet sexuel, compris? Ok, toi, dis-moi ce que tu penses de moi."

"Je pense de tout, mon cher."

"Ah bon ! je vois. Sûrement, on parlera de tout demain alors."

"Hum toi! Tu penses que je ne te connais pas? tu reviens demain et tu deviens muet."

"Ah bon je ne parle pas assez donc?"

"Non, je ne dis pas que tu ne parles pas. Franchement j'avoue que tu es un homme extraordinaire après tout. Car, depuis que je te faisais des ouvertures en te touchant, taquinant, te faisant des yeux doux, tu n'avais jamais bronché. Dis-moi, quel type d'homme es-tu? il a fallu que je prenne mon courage à deux mains pour me libérer de cette torture à laquelle tu m'as assujetti depuis plusieurs jours."

"Ok, je m'excuse. Moi aussi je doutais un peu."

"Et voilà que tu m'as torturé par tes doutes."

"Excuse-moi une fois encore."

"Ok, ça va. Je te pardonne chéri, ne te culpabilise pas trop aussi."

Ils échangèrent de centaines d'autres messages mielleux jusqu'à ce que le sommeil prenne son règne sur leurs paupières.

Elle l'appela très tôt le lendemain matin pour savoir de ses nouvelles. Il pouvait, clairement dans sa voix, détecter l'empressement dans laquelle elle était à le retrouver. Il la rassura en lui confirmant qu'il serait bel et bien de retour sur campus après qu'il aurait passé à la clinique pour récupérer ses résultats d'analyses de la veille.

Il y a de cela huit jours à peine que Kwame et Pépé s'étaient connus. Peu de contacts avaient-ils eu. Très peu de temps, ils partagèrent ensemble. Avait-t-elle été tout récemment abandonnée par son ex, ou plutôt avait-t- elle été restée trop longtemps sans âme sœur? Pourquoi était-elle devenue si intéressée à Kwame dans un si peu de temps. S'agissait-il d'un amour vrai? Bien vrai comme du réel? Ou bien n'était-elle pas aussi aisée comme elle paraissait. Et donc, elle serait peut-être à la recherche de quelqu'un sur qui se greffer financièrement? Kwame était-il si beau, si charmant, attractif et irrésistible? En tout cas, quel que soit ce qui se passait réellement dans le dessein des dieux de l'amour en ce moment précis, la soirée de ce soir au campus, côté sud serait inoubliable.

Kwame, un peu agité, pensait à tous les scénarios possibles de la soirée, en étant royalement assis dans le bus qui les convoyait vers Winneba. Personne ne pouvait imaginer combien il se sentait heureux en ce moment précis, et il balayait, à chaque fois, d'un revers demain, quand cela se pointait à l'horizon, le rappel de l'idée du serment qu'il avait fait à lui-même, quand Adéwumi l'avait abandonné. Il s'était dit que cela en valait la peine s'il s'offrait un petit détournement. En plus, le certificat de doctorat est encore très loin, au moins cinq ans de plus, car c'est maintenant qu'il était en première année de Licence. Alors pourquoi ne pas prendre un petit répit, tout juste un? C'est ainsi qu'il cogitait durant tout le trajet et courut presqu'à se briser les dents vers le campus à sa descente du bus.

De son balcon, elle poussa un cri modeste d'émerveillement, suivi de son sourire éternellement angélique qui quelque part, rendit Kwame à se sentir valeureux. Car en réalité, elle n'était pas la seule qui se sentait esseulée. Au premier étage, elle vint se jeter dans les bras de Kwame tout en se hissant à son cou et l'étreignit longuement. Puis, rapidement, sautant dans les escaliers comme jamais, avec le sac de son prince en main vers sa chambre. Kwame, resté derrière elle, fixa ses derrières ovales qui, dans un mouvement mécanique, faisait monter son rythme cardiaque.

Le taux d'adrénaline montait déjà en flèche des deux côtés, et les frottements de corps le démontraient. Les clés en main, ils se dirigèrent calmement comme des communiants, sa main autour de la taille de Pépé et la sienne autour de ses reins vers la chambre numéro 29 de l'auberge *Kings and Queens*. En effet, pour éviter de se faire apercevoir par les autres collègues, et ne voulant qu'aucun d'entre eux ne soupçonne leur relation, qui, s'il faut l'avouer était un peu trop rapide, nos deux tourtereaux se rencontrèrent dans un lieu discret, le mâle bien sûr en premier, et louèrent un taxi en direction vers le nord de la ville, loin, très loin des yeux universitaires. L'endroit était adéquat, bien calme et naturellement pauvrement illuminé pour se dérober facilement de la vue de quelqu'un qui serait pointé à vingt mètres d'intervalle.

Ils commencèrent à s'embrasser énergiquement, dans les escaliers. Elle avait une façon majestueuse d'embrasser et presqu'à chaque marche, Kwame la soulevait du sol en l'étreignant, ses deux mains sous ses fesses, qu'il palpait éperdument et allègrement comme un ballon de baudruche plein d'eau.

Une fois dedans, et sans se faire demander, elle se débarrassa, d'une vélocité hors du commun, de ses habits. Elle avait un corps parfaitement sublime. Elle s'approcha et s'y jeta à son coup tout en collant ses lèvres aux siennes. Ils faillirent tomber sous l'effet de l'étonnement dû à la façon dont elle s'empressait à anticiper. Kwame ne tarda guère à rentrer dans son jeu puis commençait par caresser, aux pas de caméléon, ce corps nu et frais. Elle gémissait déjà à mourir tout en tremblant dans ses bras. Après lui avoir enlevé ses lunettes, qu'elle-même avait oubliées depuis, Kwame la déposa docilement sur le lit. Il se déshabilla machinalement à son tour et s'avança lentement mais sûrement, avec ses genoux sur le lit vers elle. Elle s'était depuis mise dans une position confortable pour son maitre et de ses deux bras, bien ouverts en l'air lui faisait vigoureusement signe de passer vite à l'action. On dirait qu'elle était sur le point de finir un jeûne sexuel de plus d'une décennie. Et c'était ainsi que, sans résistance aucune, loin des murs des amphis et des dortoirs, loin des livres de grammaires et dictionnaires se passa un évènement, qui dans des conditions pareilles, et ceci plus d'une fois la même nuit, devrait se passer.

LA DEUXIÈME GIFLE

Tout était enfin rentré dans l'ordre. Les professeurs répondaient normalement à l'appel et les cours naturellement battaient leur plein. Entre temps, Kwame et ses collègues eurent la visite de la chef de département. D'un teint clair couplé à une peau très lisse et fraiche, Madame Pauline Akpoka avait une taille imposante, un peu trop pour une femme. Elle était la reine même de la beauté appariée à une voix mielleuse qui raisonne toujours comme celle d'un séraphin.

Elle fit des clarifications nécessaires pour la bonne marche du programme et leur promit sa disponibilité à tout moment. Enfin, grâce à ses réponses aux questions, elle les aida tendrement à se familiariser avec certaines des réalités du département et des surprises de la vie estudiantine en générale. Des surprises que déjà certains d'entre eux ont commencées par expérimenter depuis les premiers jours. Enfin, pour les encourager, elle leur fit la confidence qu'elle fut satisfaite de la manière dont ils se furent comportés jusque-là, comparativement aux promotions précédentes.

Au fur et à mesure que les jours passaient, le carré d'amis de Kwame s'élargissait. Abena, alias la dormeuse fut l'une parmi tant d'autres. Elle fut surnommée ainsi car, elle ne faisait que dormir lors des cours. Si ce n'est pas sa tête aujourd'hui, donc se serait son ventre demain. Au faite, elle avait toujours cette manie à se plaindre d'un mal ou d'autres jusqu'à ce que, et les professeurs et ses collègues étudiants se sont mis d'accord à lui coller comme surnom la super dormeuse. Le plus grand rêveur et optimiste du groupe fut Edem alias l'entonnoir aux pieds durs. Ce dernier ne cessait jamais d'affirmer qu'il avait les pieds en fer car, bien qu'il fût le plus grand soulard du groupe, il ne perdrait jamais la force pour rentrer chez lui, même s'il faut traverser la mer en étant totalement mouillé d'alcool. Rose, de son côté, était un peu timide. Très calme avec un visage semblable à celui d'une miss monde et un derrière mirobolant. Enfin, Victoire, un peu bavarde mais gentille, pensive parfois avec une physionomie triangulaire; elle était surtout très concernée par le pourquoi elle est venue sur campus. Plus tard, avec le temps, les liens d'amitié se renforcèrent et des affinités se dessinèrent. Adzasko se rapprocha plus de Rose et Edem vers Abena. Quant à Pépé et Kwame, ils continuèrent leurs jeux en cachette.

Sincèrement, il admirait bien cette jeune demoiselle, qui, quelques soient ses besoins, soit sentimentaux ou académiques, les affirmerait sans tabou. Ce faisant ainsi, Kwame éprouva de jour en jour un sentiment de jeune homme accompli; sécurisé car il sortait avec l'étudiante la plus classique de la promotion. Par contre, bien que personne ne se douta de leur relation, ils eurent quelque fois, beaucoup de difficultés à cacher certaines actions de leur affinité.

Pépé vint trouver Kwame abattu, dans son lit cet après-midi d'un samedi pas comme les autres car depuis la matinée, il ne sorti guère de sa chambre. Doucement, elle prit place à côté sur son lit, posa sa main sur son épaule comme si pour le rassurer déjà et ceci sans savoir réellement ce qu'il avait comme problème, mais ne dit mot.

"Bonne arrivée."

"Merci. Est-ce que tout va bien?"

"Oui ça va, fit il tout en souriant."

"Haha, mon cher monsieur, au faite si je puis vous nommer ainsi. Rappelez-vous que je suis l'une des plus rares personnes à laquelle tu ne peux jamais cacher tes sentiments en voyant ton visage. Alors dis-moi calmement ce qui ne va pas s'il te plait, chéri."

"T'inquiètes pas, ce n'est pas grave ok."

"J'insiste."

Acculé par son hôtesse qui était plus déterminée, Kwame racla sa gorge timidement et cracha enfin ce qu'il avait sur son cœur.

"Ok. Au fait j'ai reçu très tôt ce matin un message pas bien plaisant."

"Et le message disait quoi?"

"Tu sais que j'ai quitté mon boulot sur permission pour notre formation?"

"Oui c'est pareil pour la plupart d'entre nous."

"Ok, j'ai perdu mon boulot, voilà. Mon directeur m'a notifié ce matin. Selon ses propos, il ne pourrait plus supporter mon absence car celle-ci à des répercussions négatives sur la productivité de son entreprise."

À cette nouvelle, elle repositionna bien ses fesses sur le lit, racla la gorge à son tour, souri un peu et lui dit de garder le courage et de ne jamais abandonner car la vie n'a jamais été et ne sera pas toujours rose sur toute la ligne. Il y a toujours des hauts et des bas, à chaque fois que la vie décide pour des raisons que seul le créateur puisse connaitre, d'amonceler entre nous et nos objectifs des barrières. Par-là, il revient à nous même de prouver le mérite de notre vie, et à travers le courage et l'abnégation, chacun arriverait toujours à affronter fièrement ses malheurs, en les transformant en source pure de joie et de prospérité.

Ils passèrent presque trois heures ensemble et elle lui apporta vraiment des paroles de réconforts, des idées et des plans pour le futur. Leurs discussions furent entrecoupées de temps en temps par de petits câlins et bientôt Kwame oublia tout son malheur. Comme c'est naturellement merveilleux d'avoir quelqu'un à nos côtés pour nous relever le moral quand la vie tente de nous noyer. L'occasion fut aussi pour Pépé de se faire offrir des éclaircissements sur certains points de la grammaire française, cette fameuse grammaire qui depuis des siècles n'arrête pas de défier les étudiants un peu partout dans le monde.

Le lendemain, dès son retour de l'église vers midi, elle emmena du riz qu'elle prépara en hâte avec du poisson à Kwame qui le dégusta gracieusement. Kwame, vers quatorze heures, la rejoindra en bas et ils sortirent pour se décrisper un peu les jambes. Ils arrivèrent quelques minutes plus tard sur la plage. Elle était tellement bondée de monde en cette fin de journée-là de toutes les couleurs et de toutes les formes que le bon Dieu a créé sous le soleil. Kwame fut naturellement évadé par l'habillement un peu hors du commun de la plupart de la gent féminine. Il fallait être là pour ausculter les types de rondeurs et le volume extrême de certains derrières : cinéma cadeau se disait-il tout bas. En réalité, il était prêt à louer gracieusement le bon Dieu qui le fit venir en ces lieux ce moment précis et dans un laps de temps, il oublia les soucis de toute sa vie. Ils cheminèrent pieds nus, leurs chaussures en mains, vers l'une des buvettes qui pullulaient tout le long de la plage. Après avoir repéré puis prit place sous un joli parasol qui faisait office de toit à une table vide avec deux chaises, il s'éloigna vers le comptoir pour commander quelque chose pour se rafraichir la gorge.

À son retour, il découvrit un jeune homme, sur l'une des chaises, à côté de Pépé en train de discuter paisiblement comme s'ils se connaissaient depuis. Ayant remarqué la présence de Kwame, le jeune inconnu libéra rapidement et tranquillement sa chaise tout en le saluant poliment.

"Excusez-moi monsieur de vous avoir volé votre belle femme pour quelques minutes. Puisque je l'avais trouvée seule, je cru qu'elle se sentirait en insécurité parmi tous les hommes dangereux qui rodent ici, tu vois?"

"Dangereux?"

Fit Kwame, un peu perplexe.

"Oui sauf vous et moi bien sûr."

Tous esclaffèrent simultanément.

"Je vous remercie sincèrement, mais voyez-vous, elle pouvait se défendre comme une lionne."

"Oh! désolé, moi c'est Alphonse."

"Je réponds au nom de Kwame, étudiant en lettres modernes à *l'University of Education, Winneba.* Elle autre, c'est..."

"Moi c'est Perpétue, mais tu peux m'appeler Pépé tout court."

"Oh très joli nom, madame. '

"C'est mademoiselle je vous en prie."

"Ah bon, mais je croyais que vous étiez fiancés puisque vous semblez être très compatibles vous deux."

Ils riment de nouveau et Kwame un peu d'une manière gauche invita le prétendu protecteur étranger à les joindre, mais il déclina l'offre et s'en alla joindre non loin un groupe de deux jeunes hommes de son âge en plus de trois jeunes filles qui seraient probablement des étudiantes mais surement pas du département ni de la promotion de Kwame.

Dans la tentative de se servir un verre à boire, elle fit glisser entre ses doigts, un petit bout de papier de forme carrée, que le vent aux pieds de Kwame, poussa. Celui-ci le ramassa et réalisa que c'était une carte complémentaire sur laquelle on pouvait voir inscrit en noir, Mr. Alphonse Johnson. Comptable Général Shell-Ghana, Bureau Régional. Elle proposa par la suite à ce que son conjoint la garda, mais celui-ci refusa. Car il disait qu'il n'était pas le destinataire légitime.

Le cellulaire de Pépé sonna peu de temps après qu'Alphonse prit congé d'eux. Elle sourit après qu'elle eut regardé sur l'écran. Kwame, de son côté feignit ne rien remarquer. Ils prirent en paix leurs bouteilles de bières. Pépé ne cessait d'appuyer sur le clavier de son cellulaire, probablement pour répondre à des messages.

Ainsi, plus d'une fois, elle n'allumait que le même sourire, mais un sourire de plus en plus serein tout en murmurant "Les hommes".

"Qu'est-ce que les hommes ont encore fait cette fois-ci?"

"Rien de grave, juste une manière de parler."

Avait- elle répondu d'une manière furtive.

"Ok."

Dit-il calmement à son tour. Après avoir suffisamment joui de la brise venant de la mer, ils quittèrent les lieux vers seize heures. Ils marchèrent lentement, très lentement, tout en discutant sereinement de mille et une choses.

Kwame usa de tous les stratagèmes pour ramener l'attention de sa compagne sur lui, mais cette dernière continuait toujours à répondre aux messages qui la faisaient toujours sourire.

Contre son gré, il réalisera enfin que sa demoiselle ne prêtait plus attention qu'à son cellulaire, qu'elle manipulait laborieusement. Ce comportement l'agaçait mais il réussit à prendre son mal en patience et ne broncha pas à propos. Et c'est ainsi qu'il l'abandonna pour aller cheminer de l'autre côté de la route jusqu'à ce qu'ils rentrèrent sur campus, sans que la fameuse dame, trop occupée, ne se rendit même compte que son cavalier l'avait quitté depuis.

Kwame, directement, monta dans sa chambre sans avoir fait escale dans celle de sa compagne comme d'habitude. Il ne l'embrassa pas et elle non plus de son côté, ne dit mot contrairement à son habitude. Plus tard dans la soirée, et pour la première fois depuis qu'ils se sont rencontrés, Kwame alla au lit sans avoir eu des nouvelles de sa compagne comme d'habitude, car malgré ses multiples tentatives, elle ne décrocha guère ses appels. Chose étrange, mais il ne s'alarma point.

Durant cette fameuse même semaine, Pépé, brusquement commença de moins en moins, à s'intéresser à Kwame. Ses appels s'amoindrissent considérablement. Et à chaque fois que Kwame tentait de passer un moment avec elle, elle trouvait toujours des excuses sous prétexte qu'elle était occupée, rien que pour se dérober de sa présence. Elle ne l'attendait plus comme d'habitude après les cours du soir et ses texto dans l'intention de savoir ce qui se passait réellement étaient restés en vain sans réponses. Même les rares occasions que Kwame eut à lui adresser la parole furent soldées par un mépris catégorique à son endroit; ce qui quelque fois arrive à monter la pression artérielle de ce dernier. Le comble est que parfois, bien que rare, elle devenait si agressive dans ses propos quand il voulait insister à avoir son attention. Et, ayant toujours en mémoire la manière dont elle avait traité son frère ce jour où il l'avait vue pour la première fois dans les locaux de la banque, Kwame ne pouvait que se replier pour éviter toutes quelconques avalanches de reproches.

En réalité, la seule chose que Kwame devait se reprocher, était de tomber amoureux un peu trop vite de Pépé, et les jours qui vont suivre vont le lui prouver qu'il s'était trompé de cœur.

En ces jours-là, il avait eu du mal à fermer les yeux la nuit. Plusieurs fois, cela lui était arrivé de se réveiller au beau milieu de la nuit, s'asseoir au bord de son lit pour penser à Pépé. Malheureusement pour lui et comme par envoutement, plus elle le négligeait, plus il développait une forte affection envers elle. Plusieurs fois à sa table d'études, il ne faisait que penser à elle après chaque mot qu'il lisait. Quant à Adzasko, il ne remarqua rien du tout.

Kwame jeta un coup d'œil à l'horloge; il sonnait presque une heure du matin. Dans un élan presque celui d'un automate, il se leva de son lit et s'assit sur la chaise devant sa table d'étude. Et pour la première fois, depuis qu'il était venu sur campus, prit sa Bible et l'ouvrit.

Par ironie du sort, il tomba sur *I Corinthiens 15, le verset 5:* « *L'amour ne fait rien de laid, il ne cherche pas son intérêt...* "

À cette lecture, il se souvint de ces jours où, Pépé lui avait promis de l'aimer jusque dans le feu. Soudain, il devint plus irrité, ferma la Bible violement, se leva, traversa la chambre en se dirigeant vers la seconde porte de l'autre côté qui donnait sur le balcon. Les autres collègues dormaient si paisiblement.

Il sorti et posa ses deux coudes sur les abords de la terrasse du balcon. L'air frais en ce moment au quatrième étage lui semblait posséder un don de purification. Il se résolu alors d'y rester là un peu longtemps malgré les piqures incessantes des moustiques. Vraiment il se sentait au paradis en cet instant précis que soudain, son attention fut attirée par les lumières des phares d'une grosse cylindré qui venait de parquer tout juste devant l'entrée principale du Campus.

Premièrement il ne s'intéressa guère aux deux silhouettes qui descendirent aussitôt et qui se rapprochèrent l'une de l'autre. Mais, à la seconde vue, il remarqua que l'une d'entre elles était courte, et ressemblait parfaitement à une qu'il connaitrait. Il s'intéressa soudainement à leur geste et commença à se demander ce que cette voiture viendrait faire à cette heure si avancée de la nuit sur le campus et pourquoi elle n'est pas rentrée pour se garer devant le bâtiment comme les autres voitures dont les propriétaires, sûrement des étudiants, dormaient paisiblement dans leurs chambres.

La cylindrée rebroussa chemin aussitôt après que les deux corps se détachèrent l'un de l'autre. Profitant du calme et de la sérénité sur le campus, la silhouette s'approcha lentement aux pas d'un fugitif de l'entrée principale du dortoir *Ghartey Hall.*

Bénéficiant de l'obscurité parfaite sur le balcon, il resta inerte et la silhouette, en s'approchant, grâce aux lampadaires se fit reconnaitre facilement malgré la distance. C'était un visage qui lui était bien familier. C'était en effet Perpétue.

Bizarrement, à cette découverte, son cœur ne tiqua point. De sa poche, il sortit rapidement son cellulaire et composa le numéro de Pépé. Perché dans son coin dans le noir en haut comme un hibou, il vit, dans la main de sa compagne, une lumière s'illuminée. Elle ralentit un peu ses pas en ayant regardé sur l'écran. Par ce geste, Kwame eut la ferme conviction que ses yeux ne le trompaient pas car la lumière de son cellulaire avait un peu plus éclairci son visage qu'il reconnut nettement. Elle ne décrocha point et remit aussi tôt son cellulaire dans la poche de son jeans. Il expira un grand coup et un courant de fraicheur traversa ses entrailles en guise de réconfort.

Voilà, tout devint clair maintenant. Il s'était rendu très vite à l'évidence qu'il venait de la perdre ainsi. Au fait, elle venait de sortir aussi vite comme la manière dont elle était rentrée dans sa vie. Elle l'avait choisi et maintenant elle n'en voulait plus de lui, alors pas de panique.

Kwame, cette même nuit, cessa toutes lamentations sur la cause perdue de leur relation. Au faite, pourquoi voudrait-il continuer à vouloir l'avoir. Ce serait inutile de vouloir retenir par ses larmes ce qu'il n'avait pas défendu par les armes. Il rentra aussitôt sur le champ et s'en dormit si paisiblement d'un sommeil presque marasme.

Résolution prise, Kwame se raccrocha de nouveau éperdument à ses études en s'y jetant corps et âme. En réalité, il est honnête et pour beaucoup de causes d'aller de l'essentiel à l'idéal. Après tout, c'était pour les études qu'il était sur campus. Il retomba rapidement amoureux de ses rêves d'antan et y remit les bouchés doubles dans la conquête d'un meilleur avenir à travers ses études. Plus de temps pour s'amuser. Il redevint si rigoureux envers lui-même que d'aucun dirait qu'il s'était métamorphosé. Et plus les jours passaient, plus il se rendait compte qu'il avait inutilement perdu entre temps, du temps à vouloir passer tout son temps avec un individu qui n'avait aucune vision pour lui. Parfois il lui arrivait de couler des larmes pour avoir été aussi naïf d'une naïveté aussi sauvage que la sienne. Il s'était réellement fait un grand mal à vouloir aimer une inconnue. Ayant tous un temps limité à passer ici-bas, ce fut une totale absurdité de sa part, à vouloir vivre pour plaire à quelqu'un d'autre. N'est-ce pas qu'aimer quelqu'un qui ne nous aime pas, réellement, c'est comme faire des câlins à un cactus bien enraciné, car plus on s'accroche, plus ça nous fait extrêmement mal jusqu'au fond de l'âme.

DEUXIÈME PARTIE

LE RENOUVEAU

Pour ce nouveau semestre, Adzasko arriva un peu tôt, et comme convenu prit une chambre pour trois, bien qu'il ne la partagera qu'avec Kwame. Ce dernier débarqua vingt-quatre heures plus tard. Ce fut de somptueuses accolades, preuve qu'ils se sont manqués les uns les autres réellement, durant les quelques jours de vacances. D'autres parts, personne ne pourrait ne pas apercevoir le changement physique de certains d'entre eux. Il y en avait qui ont pris du poids, de l'autre côté c'est le contraire avec quelques-uns. Un peu plus loin, il y en a même une qui est revenue avec une autre vie dans ses entrailles. De leur côté, Kwame et son collègue furent rejoignis une semaine plus tard par Edem qui fut le dernier à rejoindre le groupe pour remettre le nombre au complet. Mais bien avant cela, Abena, sa copine venait, presque tous les après-midis, passer le reste de la journée chez Adzasko et Kwame dans leur gite. Soucieuse et souvent très évasive, Adzasko s'évertuait à la taquiner sous prétexte que son homme le manquait probablement.

Victoire elle aussi passait même presque toutes les nuits avec eux. Très drôle ce semestre ci, elle leur racontait des ragots pour les faire rire jusqu'aux larmes. Et quand l'opportunité se présentait à elle de leur faire des cours magistraux sur la relation entre homme et femme, il fallait voir comment elle devenait confiante et lucide à instruire avec dextérité Kwame et Adzasko sur comment faire uriner une fille, lors d'un coït. En tout cas, il est sûr et certain que la gent féminine ne serait jamais contente si elle apprenait que l'une d'entre elles filait ces genres de secrets à leurs possibles futurs cavaliers.

Les liens d'amitié entre Adzasko et Rose se serraient considérablement, et ce qui devrait être une simple aventure de courtoisie se déboucha en amour.

Victoire et Kwame devenaient aussi plus complices. Il faut aussi compter avec le changement drastique de comportement que Kwame avait entamé depuis le semestre précédent, vues les réalités auxquelles il se fut confronté.

Au faite, nul ne viendra changer notre vie pour nous; paradoxalement personne ne nous comprendrait selon notre mode de vie et décisions. Kwame décrocha un nouveau boulot bien rémunérant très tôt au début du premier trimestre. Dans le souci de vivre à son aise avec le minimum qu'il possédait, Kwame se donna un nouveau look. Il se fit de nouveaux habits, très classiques mais évita néanmoins toutes extravagances dans ses styles vestimentaires. Le sourire constant sur ses lèvres, revigora intrinsèquement son esprit, et son apparence changea considérablement. Il choisissait toujours, et ceci minutieusement ses habits et surtout maria correctement les couleurs. Ses démarches, de leurs côtés se peaufinaient d'avantage; et plus il bougeait son corps, plus on pouvait sentir à travers les regards posés sur lui, un sentiment de pouvoir magique d'amour sur ses collègues jeunes dames. Bien sûr que ses autres collègues de la gent aux deux grenades en plus d'un pistolet, parfois dans leur instinct naturel l'enviait, mais il ne s'y intéressait guère. De l'acte à ses paroles, tout était en parfait accord et son regard toujours éloquent faisait de lui presqu'un prince. Bref il se transforma totalement en un dandy de la plus prestigieuse cour.

Comme il est naturel pour toute créature qui porte une vie de se développer, le ventre de Pépé n'avait pas fait exception non plus à cette règle universelle. Toute la promotion lui avait collé le nom de *la Maman de l'Amphithéâtre*. Elle semblait plus souvent être à l'aise avec ce surnom, mais la réalité derrière son état, comme peu le savait, laissait à désirer. Entre temps, elle avait tenté de se rapprocher de Kwame. Mais c'était peine perdue, car ce dernier avait toujours en mémoire les affronts qu'elle lui avait fait subir, tout juste au début de sa relation avec Alphonse. Kwame, enfin trouva une bonne occasion pour se venger de celle qui, fut une fois la reine de son cœur. Il n'a pas encore oublié la manie avec laquelle Pépé avait l'habitude de le dénigrer devant ses copines et collègues. "Chéri pour moi", "ma pomme", "la prunelle de mon œil", " mon poussin", voilà comment elle adressait souvent Alphonse, quand celui-ci venait la prendre chaque soir dans sa grosse cylindrée après les cours. Tout ceci était dans l'intention de briser le cœur de Kwame qui ne pouvait que se contenter de ses pieds pour rentrer au dortoir, et Adzasko ne manqua non plus de lui coller le surnom *Abraham*.

Complètement étourdie à cause de la puissance de décibels que produisait le haut-parleur de l'écran Plasma accroché au mur, Pépé commença par se réveiller progressivement. Totalement suffoquée par les étoffes de fumées qui jaillissaient de la bouche de ses hôtes insouciants de son état; elle haletait péniblement. Tout ce dont elle pouvait se souvenir est qu'elle était assise avec les présumés parents d'Alphonse dans leur salon quelques heures au paravent. Et pour combien de temps avait-elle été inconsciente, elle ne pourrait le dire pour l'instant.

Complètement nue, elle tenta dans un ultime effort de se redresser tout en s'appuyant sur ses coudes. Les trois hommes qui, eux aussi demis nus, se trouvant autour d'elle, semblaient définitivement l'ignorer et elle sut vite qu'elle restait seule artisane de son secours en ce moment précis. Une douleur tenace naquit dans ses reins et se propagea dans ses deux jambes quand elle se mit debout pour aller récupérer son slip au sol loin du lit. Elle avait dû marcher sur ses genoux avec ses deux mains dans la quête de ses habits éparpillés un peu partout dans la chambre. Se faisant, Alphonse esclaffa comme un fada et continua bonnement par siroter son Whisky. Le filet de sang suintant de son appareil génital qui était déjà béant lui confirma sans doute qu'elle venait d'être victime d'une viole collective. Elle arriva à se rhabiller malgré tout, et sans un au revoir, s'effrita dans la nature. Il sonnait déjà vingt-deux heures quand elle arriva dans sa chambre au dortoir dans un état de demi-droguée.

Depuis ce jour, elle n'avait plus eu les nouvelles d'Alphonse. Son numéro devint bizarrement inaccessible à jamais.

Totalement déprimée, abattue et moralement atteinte, Pépé se rendit compte plus tard qu'elle n'avait eu affaire qu'a un fieffé escroc. En effet, Alphonse était le numéro trois d'un groupe de jeune cartel de drogue vivant à Accra dans la capitale Ghanéenne. Nanti de la protection de certains puissants hommes politiques, Alphonse avait l'habitude à lui de leurrer les filles matérialistes et peu scrupuleuses dans leur filet de recréation sexuelle. C'était ce à quoi il était bon.

Suite aux multiples analyses médicales sur ordonnance de sa psychologue, Pépé réalisera plus tard qu'elle était tombée enceinte. Cette dernière nouvelle l'assomma plus que tous les autres malheurs qui jusque-là lui étaient arrivés dans la vie. Mais elle devrait être reconnaissante au bon Dieu qu'elle n'avait contracté aucune maladie sexuellement transmissible.

Dues aux complications relatives à son fœtus et à son appareil de reproduction en général, Pépé avec un cœur agonissant, avait consenti à avoir un enfant bâtard que de rester éternellement stérile en voulant tenter un avortement, même bien médicalisé.

"J'aurais dû être un peu sage et sobre, que je serais restée avec Kwame qui, bien que pauvre malgré lui, respecterait ma dignité plus que tout."

Voilà la confidence qu'elle fera plus tard à sa psychologue.

"Et qui est ce fameux Kwame là alors?"

"Hun, un jeune très optimiste à qui la vie ne cesse de donner des coups bas, mais qui n'abandonne et n'abandonnera jamais. Il aimait commettre ses propres erreurs et aimait jurer de ne jamais vivre pour plaire à personne d'autre que lui-même. Non seulement il choisissait ses propres options mais celles qui sont difficiles. Devant les impasses, au lieu de reculer, il créait toujours son propre chemin : il était tout simplement unique. Pour lui, vivre sa propre vie selon les stratégies et volontés de quelqu'un d'autre est un moyen sûr pour perdre sa personnalité, *Nous avons tous un temps limité à passer ici sur terre. Pour cela, nous devons toujours avoir le courage de suivre notre cœur et notre intuition car ils savent réellement ce dont nous avons besoin.* Voilà ce qu'il me disait à chaque fois à la fin de nos révisions. J'ai passé peu de temps avec lui mais beaucoup m'avait-il donné sans que je ne le sache. La seule erreur qu'il avait commise, est d'avoir été trop honnête envers moi, et je l'avais prise comme son point faible."

"Et pourquoi tu l'avais abandonné alors?"

"Saurai-je vous le dire maintenant? Madame. Mais une chose m'est sûre et certaine aujourd'hui. En effet, il est toujours mieux d'avoir une culotte déchirée que d'avoir les fesses nues."

Pour ce réveillon du dernier 31 Décembre qu'ils auront à passer ensemble, Kwame et quelques collègues se rendirent pour la messe de minuit chrétien, bien sapés. Et comme il est de coutume, les messages de souhaits pleuvaient; provenant des connaissances surtout de celles dont on croyait avoir offensé. Pépé fut la première à demander un moment privé avec Kwame afin de discuter de leurs différends et ainsi enterrer les haches de guerres.

Cette nuit-là, la paroisse catholique universitaire vit une foule extrêmement vibrante dû à la présence de jeunes étudiants pour la plupart qu'ils étaient. Ils chantèrent, dansèrent, sautèrent et bien sûr prièrent, du moins pour ceux qui en pouvaient.

Et quand les lumières se rallumaient plus tard, signe qu'ils étaient rentrés dans une nouvelle année en vie, ce furent des accolades à outrance et pour Kwame qui, pour la première fois après cinq ans, se retrouvait devant le seigneur, ce fut un miracle. Et, étant témoin de la joie qui remplissait l'église à cette heure précise où vieux comme jeunes, étudiants comme professeurs se sont retrouvés unis ensemble dans une seule union d'amour, ses yeux se mouillèrent; mais personne ne s'en rendit compte. Ils rentrèrent après au dortoir et Kwame se coucha aussitôt. Il sonnait à peu près deux heures du matin, mais quant à Rose et Adzasko, ils se changèrent et repartirent immédiatement en ville où la musique battait son plein. Kwame s'amusait à leur dire qu'il était sûr que cette même nuit verrait presque la même quantité de bière déversée comme celle du sperme. 'En tout cas bonne nuit à moi et du courage à vous dehors". Il s'endormit, cette nuit-là comme un bébé, seul et surtout en paix. Qu'il est parfois bon de ne pas avoir de copine, surtout une qui a un gros ventre, car cela te permettrait de dormir en paix en étant éreinté comme Kwame actuellement.'

En tous cas, je n'espère sûrement pas que vous soyez d'accord avec moi. Ok bonne nuit et surtout bonne et heureuse année.

L'INDOMPTABLE DESTIN

Le ciel, depuis le matin, ne fut pas dégagé. Venant du sud dans la mer, elle-même agitée, les nuages s'entassaient éperdument devant le soleil qui perdit son autorité luminaire depuis la moitié de la matinée. Couverts de leur pullover et veste dû à la fraicheur, et en attendant que la prof n'arrive, tous les étudiants étaient occupés à faire des auto- révisions. On n'oserait jamais rater son cours de méthodologie, non pas qu'elle te punirait mais à cause de sa rondeur particulière qui attise toujours le plus grand poltron à devenir hardi dans l'intention de la posséder.

Honnêtement, Dieu seul sait, chaque jour quand elle sort de sa maison pour venir au cours, combien de victimes malheureuses à sa conquête fait-elle. En tout cas, elle n'aurait pas dû enseigner la méthodologie, qu'un étudiant aurait déjà découvert la méthode par laquelle la conquérir.

Kwame se souvenait toujours et ceci d'une manière vivide, comme si c'était hier quand elle apparut pour la première fois dans l'amphi. Assis tout juste devant, au deuxième siège, il eut, tous les angles ouverts et clairs pour contempler cette beauté étonnamment époustouflante. Avec une taille moyenne à peine d'un mètre cinquante et une rondeur parcimonieusement sculptée par la main expérimentée d'un créateur très doué, Mademoiselle Joséphine Brown était un véritable catalyseur sentimental. Poussé par une force d'attraction magique, le regard de Kwame se colla à elle comme s'il voulait la sculpter dans un bois majestueux. Et il fallait être le locataire du saint siège pour ne rien sentir pour elle.

Avec un visage rond, des rétines noires mais réfractaires comme celles d'un chat noir scintillant dans une nuit noire, elle électrocutait toute la salle par son seul sourire. Franchement, avec une beauté pareille au bord du marigot, les poissons s'agiteraient et les caïmans au fond de la rivière se bousculeraient pour jouir de sa nature hors du commun. Ses lèvres moyennes, faisaient voir des dents blanches, si blanches comme les phares d'un avion à chaque fois qu'elle souriait. Sur sa poitrine bien couverte néanmoins, des seins en forme de calebasses sacrées des dieux de la beauté, démontraient par leurs secousses sismiques une élasticité rare connue jusqu'ici chez la nature humaine. En passant très près de ses yeux, toujours collés à elle comme un aimant, pour aller déposer son sac sur le bureau, Kwame eut le terrible plaisir de découvrir un derrière extrêmement épatant, dans une jupe modestement descente. À chaque pas qu'elle esquissait, ses époustouflantes fesses dandinaient placidement en accord parfait avec ses mollets bien potelés, à l'instar des bémols dans une note de Mozart. Consciente de l'effet terrifiant que sa présence fit dans l'amphi et surtout sur la bande aux deux grenades en plus d'un pistolet, elle s'assit peinardement et ceci d'une manière téméraire, sur la chaise qui tressaillit. Puis, posément, dans une voix mielleuse laissa tomber ces mots.

- Avis aux célibataires, j'ai le plaisir de vous annoncer que vous pouvez dès à présent venir déposer vos lettres de demande de ma main. Une interview sera conduite par moi-même à la fin de la période et j'aurai choisi un heureux élu, et oui il y aura certainement un heureux élu. Alors qui veut apporter sa lettre premièrement?

À ces mots, ce fut un brouhaha total mélangé de rire et d'esclaffements. Et c'est ainsi que depuis ce jour, s'il pleuve ou vente, Kwame faisait tout pour ne manquer aucun de ses cours.

Le ciel commençait par arroser le sol par quelques fines gouttes de pluie quand Mademoiselle Joséphine parqua non loin devant l'amphi. Quelques-uns des étudiants, comme d'habitude, l'aidèrent avec ses affaires. Elle devrait les entretenir durant trois heures, mais à peine avait-elle commencé, qu'une puissante tornade commença à se déverser sur tout Winneba. Les cours terminés, elle demanda à savoir si l'un d'entre eux avait son permis de conduire sur lui. Quatre vaillants étudiants se levèrent tout en secouant leur permis de conduire comme si pour séduire la dame, mais quant au cinquième, il était tout paisiblement assis et levait simplement sa main; ce fut Kwame. Elle avait toujours peur de conduire quand il pleut; leur avait-elle déclaré. Donc elle aurait besoin d'un chauffeur pour la ramener chez elle et sans surprise, elle choisit naturellement Kwame, probablement dû à son calme. Les autres collègues ne manquèrent pas de l'ovationner pour le taquiner en le traitant de tous les adjectifs d'amour. Elle insista à ce qu'ils quittent sur le champ. Kwame obtempéra, puis ils se filèrent à l'anglaise. Ils prirent rapidement refuge dans sa bagnole. C'était vraiment une grosse cylindré de couleur blanche. Une telle voiture pour une jeune dame de son âge, ses parents seraient profusément riches. Elle prit place devant et là, Kwame pouvait découvrir deux jolies cuisses très luisantes d'une peau noir mais minutieusement entretenue. Il racla un peu la gorge, puis tournât la clé dans le contact et démarra. L'on pouvait à peine entendre le bruit du moteur car ce fut une neuve voiture.

Il pleuvait toujours énormément, quand tout doucement Kwame écrasa son pied sur l'accélérateur du moteur Diesel. À travers la vitre, il pouvait voir les autres collègues qui n'eut été la pluie qui les coinçait, auraient voulu les suivre, vu la façon dont ils agitaient leur mains comme un pauvre enfant qui est en train de dire adieu à ses parents qui s'en vont pour un long voyage.

Doucement et d'une façon sereine, ils sortirent du campus et sous les instructions angéliques de la sublime Mademoiselle Joséphine, Kwame, professionnellement, roulât vers une demeure qui jusque-là lui était inconnue. Il resta silencieux, presque inerte au volant et très concentré sur sa manœuvre.

La jeune beauté à côté se mit très vite à l'évidence que son hôte, dû à sa présence, était timide. Et pour briser le silence sinistre qui régnait dans la voiture, elle s'adressa à Kwame voulant savoir laquelle est sa petite amie dans l'amphi.

"Je n'ai pas d'affinité avec aucune des collègues demoiselles."

Elle sourit puis niaisa

'les hommes.

Kwame ne tenta guère lui demander ce que les hommes ont fait et continua sagement à conduire. Soudain, elle s'étira et bailla à se fendre la mâchoire inferieur puis déboutonna tous les boutons de sa veste. Il feignit ne rien remarquer et tenta d'augmenter le climatiseur. Mademoiselle Joséphine l'en empêcha et lui dit qu'elle voulait simplement avoir la poitrine un peu libre car la veste l'étranglait et non pas qu'elle se sentait chaud. Un peu peureux, il tourna courageusement ses yeux pour épier sa sublime poitrine et quand leurs yeux se rencontraient, elle lui offrit un sourire sexy et lui demanda à savoir si cela le gênerait si elle enlevait sa veste.

"Vu que je sais parfaitement qu'il y a des choses que les yeux des hommes ne voient pas chaque jour, mais quand l'occasion se présente, ils deviennent traumatisés de la tête aux pieds."

"Haha! cela ne me gênerait pas et de surcroit, vous avez le droit de se sentir à l'aise dans votre propre voiture."

En plus de la pluie, un violent vent soufflait dehors et il devrait rouler très lentement à cause de la mauvaise visibilité et elle semblait adorer son degré de prudence. D'un mouvement majestueux, elle posa sa main sur l'épaule droite de Kwame puis continua son interrogatoire.

"Dis-moi pourquoi un très bel homme, dans la fleur de son âge et probablement viril comme toi n'est pas encore marié?"

Son geste brusque et inattendu le surprit et un peu paniqué, Kwame relâcha brusquement l'accélérateur mais se ressaisit aussitôt puis maintint le cours normal de vitesse. Se faisant ainsi, la voiture cahota légèrement. Elle sentit la secousse et lui demanda si tout allait bien.

"Excusez-moi, je n'avais pas vite vu le dos d'âne, lui avait-il répondu presque d'une manière gauche."

"Ok, ce n'est pas grave. Alors tu ne réponds pas à ma question? Mon cher prince chauffeur?"

Continua-t-elle tout en souriant.

"Oui, au faite c'est parce que j'attends le moment propice."

"Avais-tu déjà été dans une relation?"

À cette question, il se rappela de sa mésaventure avec Pépé tout au début de la formation. Une aventure qui n'a duré que trois semaines environs.

"Oui, je… Oui j'avais eu une petite amie, il-y-a très longtemps de cela. Mais ça n'avait pas duré, alors j'attends toujours le bon moment."

"Et comment reconnaitras-tu le bon moment?"

"Quand j'aurai fini ma formation, j'aurai un bon boulot alors le bon moment viendra."

"Hun, boulot et argent bien sûr, et alors comment sauras tu le bon moment dans tout cela?"

À cette nouvelle question, Kwame se tourna et la regarda avec un air surpris. Elle comprit qu'il était confus. Puis simultanément, ils esclaffèrent comme étant des amis de longue date.

L'ambiance en ce moment dans la voiture était tout sauf celle d'une relation professeure-étudiant. Voulant prendre son cellulaire qui, dans son sac sur le siège arrière, sonnait, elle écarta largement les jambes sans se soucier de la présence de Kwame. Ce dernier geste le troubla énormément, et il eut son esprit qui commença par bouillonner de sentiments et d'idées inimaginables.

Son petit bonhomme en bas se gesticula audacieusement et voulu sortir de son gite mais il l'en empêcha de justesse. Dans sa tentative de diminuer le volume de la radio, afin de pouvoir lui permettre de recevoir son appel, elle l'en empêcha de nouveau en attrapant la main de Kwame à la volée. Sa main, toujours dans la sienne, elle la posa sur sa cuisse et commença par l'étreindre d'une tendresse de la main d'un bébé tout en recevant son appel. Kwame ressenti une chair si fraiche et si vierge. Si fraiche qu'il s'était demandé si elle appartenait à la famille des squamates.

Soudain, elle sursauta de surprise, hurlant comme si elle venait de recevoir une nouvelle choquante, et se faisant, souleva brusquement sa main, serrant sa poitrine comme si elle avait oublié que la main de Kwame était celle qui, réellement, faisait l'action, puisqu'étant dans la sienne.

N'eut été l'exhibition d'un exploit hors du commun à se contenir, il aurait poussé un cri commun à la gent masculine dans ces genres de situation et qu'il ne devrait pas pousser là ou du moins pas pour le moment. Dieu étant si bon, ils arrivèrent en ce moment précis devant un rond-point. C'est là qu'il récupéra lentement sa main qu'elle tenait toujours à l'instar d'un aigle saisissant sa proie. Elle lui fit signe de bifurquer à gauche, toujours au téléphone, et ils arrivèrent devant une très belle villa un peu loin du campus, à l'Ouest de la ville après plus de quarante minutes de trajet.

Elle appuya sur une commande qu'elle tira d'une des boites dans la voiture, la porte du garage se souleva et Kwame gara tout tranquillement puis la porte se renferma automatiquement derrière eux. Super-technologie, dit-il tout bas. Il descendit rapidement et se précipita pour aller lui ouvrir sa portière.

Toujours avec son cellulaire collé à sa joue, elle tapota gentiment sur son épaule en guise de remerciement et lui fit signe de l'aider avec les quelques affaires qui s'y trouvaient dans la voiture. Elle lui tendit son sac à main et la femme de ménage qui depuis, se tenait un peu à l'écart, attendant les ordres de sa maitresse se contenta de ramasser quelques régîmes de bananes plantains dans le coffre arrière de la voiture.

Kwame fut, on ne peut plus, émerveillé par la beauté de l'intérieur. Les meubles étaient bien ordonnés et couverts d'une manière royale. La fraicheur de l'odeur à l'intérieur était plus que celle des grands palais présidentiels. Bref, indescriptible était la demeure. Kwame la suivi jusqu'au salon par tâtonnement, comme un enfant qui venait à peine d'apprendre à marcher. Elle lui fit signe de s'asseoir dans un joli canapé; puis disparut dans sa chambre à coucher en lui laissant son sac.

Entre temps, la femme de ménage apporta à Kwame du jus d'orange qu'il sirota gracieusement. Elle revint plus tard, toujours avec l'autre personne à l'autre bout du fil, s'asseoir tout près de Kwame.

"Merci mon beau, tu as été très gentil. Vraiment tu m'as permis de rentrer chez moi en toute sécurité."

"De rien, c'est plutôt moi qui devrais vous remercier pour votre confiance."

Elle sursauta, se relevant brusquement et dit:

"Pardon, je ne vous ai pas offert un verre d'eau."

"Ne vous inquiétez pas madame, la fem ..."

"Excusez-moi, c'est Ma-de-moi-se-lle."

"Ok, Ma-de-moi-se-lle, ne vous inquiétez pas, car la femme de ménage m'avait offert un délicieux verre de jus d'orange."

Malgré cela, elle insista à lui servir quelque chose elle-même. En allant lui emmener de l'eau, il eut l'occasion de sculpter toute sa forme car, elle n'était plus que dans une courte culotte sous un tricot rose qui serrait bien son corps. Mais, Kwame rabaissa très vite ses yeux quand elle revenait pour lui tendre une bouteille d'eau en plastique.

Il pleuvait toujours de manière consistante. Et pour cette raison, elle lui proposa de rester et grignoter quelque chose en attendant que la pluie ne cesse. Kwame obtempéra par un signe de la tête mélangé d'un sourire qui ne disait pas son nom, puis elle disparut de nouveau dans sa chambre.

Kwame s'adossa royalement dans le canapé, quand elle revint vers lui, avec seulement une éponge blanche qui couvrait son corps de sa poitrine jusqu'au-dessus de ses genoux. Elle lui demanda avec une voix de supplication de l'aider à enlever le collier en or qu'elle avait autour de son cou. Kwame exécuta et se mit sur ses pieds. Elle lui tourna le dos en lui offrant tout bonnement ses derrières dangereusement provocateurs. Il se rapprocha d'elle, armé d'un contrôle de soi hors du commun et avec une délicatesse commença sa besogne.

Sciemment ou pas, au moment de lui remettre son collier, sa serviette se dénoua. Dans la tentative de l'aider à se couvrir le corps immédiatement, leurs deux mains se rencontrèrent. Elle serra la main de Kwame et la déposa tout mollement sur ses seins. Automatiquement, Kwame, sans se faire demander, commença par les palper d'une manière romantique et avant qu'il ne se rende compte, elle se tourna et poussa violemment Kwame. Celui-ci tomba de dos dans le canapé qui s'y trouvait là. Elle sauta sur lui immédiatement et colla ses lèvres à celles de Kwame. Tout son corps frémissait. Elle s'acharna férocement sur la fermeture du pantalon de Kwame et faillit couper sa ceinture. Totalement vaincue par sa sensation, elle introduisait successivement sa langue dans les narines et oreilles de Kwame. Elle avait des lèvres si fraiches et douces comme du coton vierge imbibé dans du miel frais. Vu la manière dont elle tournait et retournait sa langue dans la bouche de Kwame, on saurait qu'elle n'avait pas de temps à perdre. Kwame rentra si vite dans son jeu et commença par la palper vigoureusement. Il se concentra particulièrement sur ses fesses, mais malgré tous ses efforts répétés, ses deux mains ne purent faire le tour complet de ses derrières car, elles étaient si énormes, tellement énormes comme les fesses d'un éléphant obèse mais formidablement élastique. D'une voix douce, Kwame la supplia de lui permettre à aller prendre une douche d'abord. Tenant déjà depuis longtemps le phallus de Kwame dans sa main, elle avait failli pleurer comme un bébé à qui on retirait un bonbon. Elle se leva, remit sa serviette à Kwame. Déjà toute nue depuis comme un gros bébé, elle se retira dans sa chambre.

Kwame revint quelques minutes très vite comme si quelque chose l'a chassé de la douche. Une fois dedans, elle redoubla de zèle dans sa quête de jadis. Kwame la poussa doucement sur le lit, un lit très large et mou, jamais vu de sa vie. Elle s'adossa comme un bébé et écarta légèrement ses deux jambes. À cette scène, le petit bonhomme de Kwame se raidit extrêmement et dénoua de lui-même la serviette que Kwame avait nouée au tour du rein. Il s'approcha sereinement sur ses genoux vers le glorieux sésame et se positionna parfaitement. Dehors, la pluie redoublait d'effort. Dedans, avec ses doigts agiles, elle labourait le dos de Kwame tout en gémissant à en fendre sa gorge à cause de la sensation. Et c'était ainsi, sans difficulté aucune, quelque part, à l'abri de tous les yeux indiscrets des universitaires, et plus d'une fois dans la même soirée, arriva ce qui devait arriver entre un étudiant et sa formatrice.

Ereinté, il se réveilla un peu plus tard pour aller vider ses vessies. Mademoiselle Joséphine dormait toujours comme un bébé et c'était normal, vu le zèle avec lequel elle s'y était appliqué. À son retour, il découvrit, contre toute attente, une effigie de Mademoiselle Joséphine à côté d'un sexagénaire, dans une voile tout juste au chevet du lit. Elle sursauta, le tint par les bras et le fit asseoir. Elle le rassura que rien de ce qui s'était passé était de sa faute. Elle lui avoua que le vieil homme était réellement son mari mais qu'il vivait en ce moment et plus souvent en Angleterre.

Kwame ne tenta guère de chercher à savoir comment et pourquoi elle s'est mariée à cet homme qui pourrait être son papa. Il comprit maintenant pourquoi elle s'acharnait sur lui depuis qu'ils quittèrent les locaux du campus dans sa bagnole. Elle serait restée des lurettes sans avoir faire l'amour et les quelques rares occasions qu'elle l'aurait fait, n'auraient pas été du tout ce qu'elle espérerait; car comment un vieil homme de cet âge pourrait satisfaire normalement une jeune dame si vigoureusement appétissante que Joséphine. Des larmes chaudes noyaient déjà ses jolies joues quand elle commençait à lui raconter sa vie. Quant à Kwame, très touché, il l'empêcha de continuer en la suppliant d'arrêter. Elle sauta à son cou et tout doucement laissa tomber ces mots.

"Ce n'est pas parce que je parais toute heureuse que j'ai une vie normale et joyeuse."

Kwame comprit aussi vite son amertume et la rassura de son support (*ce qui en réalité ne pourrait être que sexuel*). Elle avait besoin vraiment de quelqu'un en ce moment car, sa solitude, couplée aux besoins sexuels avaient excédé ce qu'elle pouvait supporter. Alors à quoi vaut la vie si, malgré ses grosses voitures, toutes les belles villas et les comptes en banque on n'a pas trouvé celui ou celle avec qui on se sentirait complet.

Elle confessa et rassura Kwame qu'il était la première personne avec qui elle découcha durant ces dix dernières années de mariage, depuis l'âge de vingt-cinq ans.

En outre, elle était tombée amoureuse de lui depuis ce premier jour qu'elle le vit dans l'amphithéâtre, martela-t-elle.

"Alors, que feriez-vous si je n'avais pas un permis de conduire sur moi ce matin?"

"J'avais déjà fait mes petites enquêtes sur toi. De toutes les façons, je trouverai surement le moyen de te faire venir un jour dans ma vie car c'est quelque chose que je préparais depuis."

"Et tu crois que notre relation peut aller loin? Puisque tu es mariée et tu lui as promis fidélité."

"Oui, tu as raison de me poser la question sur la fidélité. Mais moi je crois que je ne fais rien de mal; bien franchement."

"Comment?"

"Hun, c'est bien vrai que nous nous sommes promis amour et fidélité jusqu'à ce que la mort nous sépare. Mais malgré cela, il n'avait trouvé mieux que de me tromper avec ma propre mère."

"Quoi? Vous me dites qu'il vous a trompé avec votre propre maman?"

"Vous m'avez bien entendu mon amour. En plus, il va mourir bientôt."

'Pardon, ne soyez pas aussi dure envers lui en lui souhaitant sa mort."

"Haha, non ce n'est pas moi qui vais le tuer. Il avait été diagnostiqué d'un cancer au stage terminal et il va s'en aller bientôt dans deux mois."

À cette nouvelle, Kwame se rendit compte que loin d'être un passe-temps, sa relation avec son enseignante irait très loin et il était aussi prêt à y mettre les bouchés doubles pour être au diapason quand le moment viendra.

"Alors si je puis vous demander, où est votre mère actuellement?"

"Ne t'en fais pas pour elle. De plus, ne te fatigue pas à vouloir savoir comment j'ai fait pour se retrouver dans le foyer de ce vieil homme qui pourrait être mon grand-père. Il y a des vérités qui doivent rester inconnues, non pas par ce qu'on ne peut pas les exprimer mais plutôt que c'est mieux de les garder secrètes. Fais-moi confiance Mr Kwame, sache que je t'aime vraiment. Crois-moi sur parole. Alors laisse-moi t'aimer car pour la première fois dans ma vie, je veux faire quelque chose qui est honnête et qui vient de ma propre volonté. Il y a beaucoup de choses sur moi que tu crois, mais laisse-moi te dire que c'est ta perception qui te fait penser ainsi. Mais quand le moment viendra tu verras que je t'aime vraiment et que moi aussi j'avais commis des erreurs inimaginables. En effet, la vie telle qu'on la conçoit souvent n'est pas réelle. La réelle, est celle qu'on a construite soit même. T'ayant observé pendant plusieurs mois, j'ai découvert que tu as une qualité que seules les légendes possèdent."

"Ah bon! Et quelle est cette qualité?"

"Ne t'inquiète pas, je te le dirai plus tard. Pour le moment rapproche-toi. On dirait que j'ai encore envie de quelque chose. Que tu es superbement solide entre tes jambes!"

Le lendemain, à sa grande surprise, personne d'entre ses collègues n'osa le taquiner en voulant être curieux. Plutôt, ils étaient tous occupés, attelés à leurs devoirs ici et là. Il alla s'asseoir paisiblement dans son coin, ouvrit ce livre puis le referma, prit un autre et ainsi de suite sans réellement savoir ce qu'il cherchait.

LES ANGES NOIRS

Le vent, jusqu'ici dans les dortoirs, téléchargeait de loin les échos musicaux provenant des buvettes, et remplissait l'atmosphère universitaire de leurs rythmes cadencés. Kwame, suivi de quelques collègues de la fac, pour cette solennité des fêtes des pères, ont décidé de faire un petit tour en ville, juste pour bousculer la routine dortoir-amphi-dortoir. Les pères à l'honneur, les mâles du campus côté sud ne voulaient pas se faire compter l'évènement, bien que la plupart à l'instar de Kwame était toujours célibataire : des célibataires dangereux pour être honnête. Kwame était sûr de ne pas être vu par Mlle Joséphine car celle-ci avait embarqué sur Londres quarante-huit heures auparavant. À leur grande surprise, toutes les demoiselles collègues auxquelles ils ont fait appel ont choisi de décliner sèchement leur invitation pour rester cloitrées dans leur chambre de dortoirs sous prétexte qu'elles ont des choses plus importantes à faire. En tout cas, on prendra notre revanche lors de la fête des mères: avait répliqué Kwame à quelques-unes.

Après avoir parcouru presque toutes les buvettes de Winneba et après avoir vidé et même léché les dernières gouttes de bière, le trio composé de Kwame, Adzasko et l'impondérable Edem alias *'entonnoir'*, presque titubant ont décidé de faire un petit tour chez les *petites vivaces,* sur proposition d'Adzasko. Un peu reculé du centre-ville, l'endroit était calme et mollement illuminé. Le croassement des grenouilles provenant des rigoles longeant le sentier qui y menait témoignait plus du caractère isolé et un peu oublié des programmes d'assainissement de la voirie. Des structures en tôle et en bois faisaient office de chambres, devant lesquelles se trouvaient des lanternes à pétrole. Bien qu'il était totalement impossible à tous visiteurs de reconnaitre de loin le visage de nos gentilles sœurs, assises sur un tabouret devant les portes à côté de leur lampe, on pouvait au moins par leur silhouette deviner leur forme, ici l'accent n'est pas mis sur la beauté mais plutôt sur la grosseur ou la minceur. Pour des raisons de sécurité, les lieux étaient jalousement gardés par deux caïds.

Ce qui surprit Kwame le plus était la posture de la maitresse des lieux. Elle était vraiment une grosse larde. À peine pouvait-elle marcher. Des pieds semblables à ceux d'un éléphant obèse, elle avait les deux mains qui secouaient dans l'air à la marche à cause d'une grosseur excessive de ses reins. Avec des fesses abusivement grosses et soulevées   vers le haut comme pour implorer le ciel, on se demanderait si elle arriverait à nettoyer son anus après l'évacuation des matières fécales. Elle avait des seins extrêmement ballonnés et débraillés. Avec des yeux si minuscules comme le clitoris d'une mouche, elle avait une petite tête qui faisait une épithète parfaite avec son corps car, le cou était presqu'inexistant. Bref, elle était une véritable bouffie de graisse.

Kwame, sa clé en main après avoir honoré ses comptes, se dirigeât vers l'une des silhouettes qui avait une voile couvrant le visage comme toutes les autres. Ses autres collègues, depuis s'étaient introduits dans les chambres et probablement seraient déjà en train de nager au septième ciel.

Contre toute attente, l'intérieur de la chambre était tellement bien meublé avec un petit réfrigérateur contenant quelques bouteilles et de l'eau bien sûr. La télévision écran plat qui s'y trouvait accrochée au mur, témoignait du sérieux avec lequel le business était mené afin de permettre à tous les clients de se sentir comme chez eux.

Kwame avait cru avoir vu toutes les surprises dans sa vie. En effet, une fois derrière le rideau bleu ciel qui divisait la chambre en deux, Kwame fit descendre précipitamment son pantalon et habilla son fameux bonhomme avec du préservatif qu'il tira de sa poche. Au moment de passer à l'action, voulant découvrir le visage de sa gentille hôte grâce à la torche de son cellulaire, il découvrit un visage qui le fit perdre la voix. Il se rhabilla précipitamment, passa la paume de sa main sur son visage comme pour faire disparaitre l'effet de l'alcool sur sa vision. En fait, il ne se trompait pas : c'était bel et bien Abena, sa collègue étudiante et petite amie d'Edem. Il a failli crier sous le poids de l'étonnement, mais la jeune demoiselle aussi surprise réussit à lui couvrir la bouche par sa main. Longtemps assis face à face sans rien dire, Abena brisa le silence en disant presqu'en sanglots : "mon cher ami, on ne peut plus reculer, tu dois continuer et terminer ce que nous avions commencé. Elle se leva, se recoucha et se mit en position pour que son client, son collègue et camarade de chambre de son petit ami puisse avoir un coït avec elle. Kwame se leva et s'approcha. Abena ferma les yeux et de fines larmes coulèrent sur ses joues. Avec précision et délicatesse, Kwame couvrit le corps de sa camarade, lui tint par la main et lui demande de se relever pour s'asseoir. Abena surprise, continua.

"N'allez-vous pas coucher avec moi?"

"Dis-moi, du fond de ton cœur, si c'est ce que tu veux de moi réellement?"

À ces mots, Abena se jeta au cou de son ami et amplifia ses pleurs.

En ce moment précis, le cellulaire de Kwame sonna; c'était Edem qui l'appelait :

"Eh! Mon vieux, tu veux vider tout ton lait ou quoi? Souviens-toi que tu n'as pas encore enfanté hein. Alors pardonne celle avec qui tu te trouves actuellement et viens on va partir. En tout cas, nous, on a terminé depuis et on t'attend. À plus."

Kwame se tourna vers son amie et lui souhaita un honnête au revoir.

"Tu ne lui diras pas que tu m'as trouvé ici n'est-ce pas?"

"Si je n'ai pas couché avec toi cette nuit, ne crois pas que c'est à cause de lui, mais plutôt, je l'ai fait pour toi. À demain ma chère amie."

Sur le chemin de retour, Edem ne cessait de se moquer de Kwame. Ce dernier feignit absorber tout ce que son voisin vomissait sur lui jusqu'à ce qu'ils rentrèrent se coucher tous trois dans la même chambre. Et pour la première fois dans sa vie, Kwame pria pour quelqu'un, il pria pour Abena.

Il sonnait presque sept heures. Kwame était toujours au lit. Un peu paresseux ce matin-là, il voulut rien faire. Soudain il entendit quelqu'un cogner à leur porte. Il sauta de son lit et se rhabilla rapidement. Qui pourrait être celui-là qui vient leur rendre visite au dortoir ce beau matin? Il ouvrit néanmoins et découvrit le visage éternellement souriant d'Abena. Elle rentra et prit place sur le lit d'Adzasko qui était parti très tôt le même matin vers cinq heures pour *Kasoa*, une ville située à trente kilomètres de Winneba, pour visiter une de ses tantes nouvellement revenue des Pays-Bas.

Elle tenait un sac dont elle vida le contenu plus tard sur la table d'étude de Kwame. Edem de son côté, était parti à la messe. Après s'être débarbouillé, Kwame revint pour lui souhaiter la cordiale bienvenue mais ne lui demanda pas l'objet de sa visite car elle fait partie de la famille depuis. Il éplucha quelques bananes qu'elle avait apportées et s'en régala, puis but quelques gorgées d'eau fraiche. Ce qui le revigora bien ce matin-là. Elle sortit quelques épreuves sur lesquelles elle voulait l'aide de Kwame. Celui-ci les récupéra et les mit sous son coussin.

"Tu n'es pas venue ici pour traiter des exercices de grammaire française n'est-ce pas?"

"Non, au faite oui. En réalité, je voulais que tu m'aide...hein."

"En réalité tu voulais qu'on parle de qui c'était passé l'autre nuit, n'est-ce pas?"

"Hun, au faite je voulais savoir pourquoi n'étais-tu pas allé jusqu'au bout alors que tu avais l'opportunité."

"Je vais te répondre. Mais avant cela dis-moi comment tu as fini par te retrouver dans cet endroit pareil qui n'est pas fait pour une étudiante aussi intelligente, brillante et très belle comme toi."

"Hum, ok."

Je viens d'une famille de trois enfants dont je suis l'ainée. Venant d'un milieu très modeste, j'ai pu garder ma dignité jusqu'au niveau universitaire et je ne m'étais jamais engagée dans une relation avec un mec quel qu'il soit. Après mon baccalauréat, j'avais notifié mes parents de mes intentions de poursuivre mes études universitaires pour pouvoir un jour devenir traductrice comme j'avais toujours rêvé. Ne voulant pas me décourager, ils m'accordèrent leurs bénédictions et me promirent de tout faire pour que j'aie mon admission; et me voilà bientôt sur campus. Quelques semaines après qu'on ait commencé les cours, la vie commençait par devenir insupportable pour moi. Ma ration alimentaire commença par s'amenuiser peu à peu et la certitude des jours difficiles se dessinèrent calmement mais sûrement dans mon quotidien. Mes parents, bien avant m'avaient déjà dit qu'ils avaient vidé leur compte à cause de moi. En plus, mes deux autres frères sont aussi à la charge de la famille et il fallait les nourrir, vêtir, et payer leur école aussi. Je sus très tôt à mes dépens que mes parents n'en pouvaient plus pour moi. Et quand ma maman, avec des sanglots dans la gorge ce fameux soir, m'appela pour me consoler malgré elle, ce fut des pleurs aux deux bouts.

"Nous sommes sincèrement désolés ma fille. Tu dois te débrouiller seule maintenant jusqu'à ce que les choses ne s'améliorent un peu pour nous. Tu sais que la pension de ton père n'est plus suffisante pour nous même ici. Tu es une grande fille après tout et je sais que tu comprends parfaitement ce que je veux dire par là. Ma fille je t'en supplie, sois sage. J'espère que tu puisses nous pardonner un jour".

C'est ainsi que par après, Abena s'est rattachée à Edem par comment on ne sait plus. Celui-ci, de son côté était à son aise. Il avait un bon boulot bien rémunérant et avait beaucoup de sous en réserve. Mais, son moindre défaut est d'avoir un tonneau en lieu et place de son estomac : tellement il pouvait boire et se saouler plus que la bouteille de bière elle-même. Il supporta bien la pauvre jeune fille mais au prix du sacrifice de sa nudité.

"Alors pourquoi aller loin jusqu'à vendre ton corps si ton petit ami peut subvenir à tes besoins?"

"Vraiment? Tu penses que je me donnerais la peine jusqu'à aller vendre mon temps, mes sommeils et mon corps si ton ami arrivait à subvenir à mes besoins? Après tout, je ne l'accuse pas. Bon nombre de fois il s'est énervé contre moi quand je lui parlais de mon écolage et d'autres besoins. Et puis ton ami, hun, tu ne le connais pas je crois. Il est prêt à soulever mon clitoris, même pour une cuillère de riz. Alors pourquoi ne pas aller me vendre chère ailleurs?'

'Mais tu sais que Dieu n'aime pas la prostitution, n'est-ce pas?'

À cette question, elle esclaffa à se fendre sa gorge. Surpris, Kwame aussi se mit à rire comme si quelqu'un lui avait mis le doigt dans les aisselles. Il arrêta son rire d'une manière soudaine quand, bien qu'Abena continuant par rire, de chaudes larmes affluaient sur ses joues et mouillait sa poitrine.

"Eh, dis-moi; ai-je dit quelque chose de grave?"

"Non."

"Alors pourquoi versez-vous des larmes?"

"Je verse des larmes pour que Dieu puisse pardonner des gens comme lui."

"Comme qui? Edem?"

"Non."

À ce dernier non, Kwame devint plus confus. Il se rapprocha plus de sa collègue. Il lui tint par la main, la rassura et lui demanda de continuer. Elle inspira un grand coup et vida ses poumons et plus sereinement continua.

Je revins dans ma famille le lendemain après l'appel de ma mère. Je fus réconfortée et encouragée par mon pasteur qui s'y trouvait là et me rendis chez lui par après sur sa proposition. Il me tendit une enveloppe qui contenait la moitié de mon écolage. Je le remerciai gracieusement mais il m'empêcha et me dit de donner toute louange à Dieu le tout puissant comme il avait l'habitude de le dire. Puisque madame était absente pour quelques jours, je me rendis rapidement au marché et lui prépara à manger. Il insista à ce que je prenne le diner avec lui. Naïve et toujours élogieuse envers mon bienfaiteur, je me réveillai quelques minutes plus tard dans le lit de mon pasteur.

"Quoi? Comment cela a été possible?"

"Demande moi mon cher ami, demande moi seulement. Jusqu'à ce jour, je ne suis pas encore arrivée à savoir comment un homme de Dieu a pu mettre un puissant somnifère ou je ne sais quelle substance dans la nourriture que j'avais préparé moi-même. Peut-être il a une onction qui fait dormir les gens!"

"Non, je ne crois pas."

"Oui je sais, mais comment pourrais-je expliquer un tel évènement."

"Alors, ne l'as-tu pas confronté après?"

"Eh! Mon cher Kwame, hun confronter seulement tu dis? Je suis même allée le dénoncer à mes parents. Mais, à mon grand étonnement, ils m'avaient traité de sale menteuse. Ils m'avaient en plus de cela traité de possédée et que j'avais besoin de quarante jours et nuits de jeûne sec."

"Hun!"

"Alors Kwame, pose-moi encore la même question si je savais que Dieu n'aime pas la prostitution. Voilà un pasteur, ah! Que dis-je même; un homme de Dieu qui, non seulement me drogua et me viola mais aussi vola ma virginité que je gardais jalousement pour mon futur époux sur les recommandations et exhortations du même pasteur. Le même pasteur, qui un jour peut être célèbrera mon mariage, vois-tu?"

"Hun vraiment, ce monde n'est pas sérieux."

Plus calme, et devenue sereine après avoir vomi tout, Abena passa une matinée très réparatrice avec son collègue, qui toujours a refusé de connaitre sa nudité bien qu'elle tenta plus d'une fois.

LE DÉNOUEMENT

Ils se levèrent tous au son de la fanfare pour honorer la sortie des officiels, marquant ainsi la fin des cérémonies de remise des diplômes et en même temps le début d'une nouvelle vie pour eux. Enfin récompensés par trois années de durs labeurs et de privations.

Dehors, tous les autres collègues tiraient Kwame d'ici et là pour prendre des photos de souvenir. Il n'en revenait pas lui-même, bien qu'il ait désiré et travaillé dur pour cela. Sortir major de sa promotion, cela lui parait en cette heure particulière comme une si simple tâche. La joie et l'émotion en ce moment ont totalement obnubilé toutes les nuits blanches et de fatigue dues aux manques de sommeil de leurs jours d'études.

Il se mit à l'écart et ne put s'échapper à son plus inné don qu'est de méditer. Il commença par scruter les visages un par un comme s'il cherchait à faire tomber un masque afin de découvrir le réel. Dans un laps de temps il se rappela presque de chaque jour de ces trois années qu'ils passèrent ensemble où, chacun bien qu'unique sur le plan émotionnel et relationnel, a pu faire le compromis pour pouvoir prêter une marge de manœuvre, afin que, parfois les autres puissent enfreindre sur leurs droits et domaines privés sans qu'il y ait de confrontations majeurs.

Regardez les tous, oui regardez. On se serre les mains, on s'embrasse éperdument, des larmes de joie affluent et inondent quelques joues, au moins pour ce jour, on oublie tous nos différends pour s'unir dans une seule cause.

Avant qu'il ne s'en rende compte, une forme ronde lui donna un baiser sur la joue et les autres ovationnèrent grandement. Ce fut Mademoiselle Joséphine. Elle tint sa main, la serra très fort et lui souffla : "toutes mes félicitations" aux oreilles. Il ne sut la réponse qu'il lui donna, car avant qu'il n'ouvre sa bouche, tous les autres collègues les entourèrent et les palpaient de partout. Il crut, en un moment que quelqu'un aurait pu suspecter quelque chose entre lui et Mlle Joséphine. Mais après d'amples observations, il réalisa que personne, même pas un seul ne les soupçonna vu l'émoi dans lequel ils se trouvaient tous.

En outre, il savait que cette nuit-là, il la passera chez Mlle Joséphine, car elle l'avait averti la veille. *Une nuit spéciale* nous attend lui avait-elle dit, car elle le déchargerait de toutes les peines et tous dégâts causés à son corps par la formation.

"Il y a une source intarissable de rajeunissement tout au fond, cachée quelque part en moi dont je veux que tu t'abreuves. Mais, à toi d'y aller la découvrir et je présume que tu dois aller fort, très fort au fond. Tu dois fouiller partout et ne laisser aucune parcelle afin d'y accéder."

Lui avait-elle déclaré la veille à l'autre bout du fil. Et les voilà ici mélangés aux autres, sans que personne ne sente le parfum de leur union. Peut-être que d'autres parmi eux ont aussi leurs petits et doux secrets; qui sait? Nous avons tous des histoires et des jolis péchés à cacher. En réalité, nous sommes tous des cagoulés dans la société.

Deux semaines après la cérémonie de remise des diplômes, Mlle Joséphine tomba en syncope lors d'une réunion avec les autres staffs de son département. Elle se réveillera plus tard à la clinique universitaire. Suite aux analyses, il a été confirmé qu'elle était enceinte d'un mois approximativement. Et ceci, tout juste deux mois après les cérémonies d'enterrement de Mr. Torgbui, son feu vieux mari qui rendit l'âme un beau matin dans son appartement à Londres.

Par un après-midi ensoleillé, sur le tarmac de l'aéroport international *Osagyefo* de Winneba, Kwame suivi de sa femme qui jadis était sa formatrice, embarqua pour Ontario, direction le Canada. Il était parti pour continuer ses études et en aura pour deux ans. Et quant à Pépé, on apprendra plus tard que la nature l'avait récompensé avec un joli bébé bien potelé qu'elle nomma Kwame.

www.ingramcontent.com/pod-product-compliance
Lightning Source LLC
Chambersburg PA
CBHW031347160726
47993CB00002B/857